TIEMPO DE MÉXICO

El coronel fue echado al mar

El día siguiente

El coronel fue echado al mar

Luis Spota

OCEANO

EDITOR: Rogelio Carvajal Dávila

EL CORONEL FUE ECHADO AL MAR

© 2000, Elda Peralta

D. R. © EDITORIAL OCEANO DE MÉXICO, S.A. de C.V.
    Eugenio Sue 59, Colonia Chapultepec Polanco
    Miguel Hidalgo, Código Postal 11560, México, D.F.
    ☎ 5282 0082   📠 5282 1944

PRIMERA EDICIÓN

ISBN 970-651-334-5

IMPRESO EN MÉXICO / PRINTED IN MEXICO

A Vicente Vila

Ésta es mi historia. A los veinticinco años he vivido cincuenta. Estuve en la guerra. En Normandía, la madrugada de la invasión. En el Pacífico, después. Mis zapatos tienen polvo de Okinawa. Soy mexicano que peleó. Peleó por pelear. De 1944 hasta que Nagasaki desapareció. De todo aquello quedan en mi memoria, esmaltados a fuego, once días inolvidables. Increíbles. Los once días de mi historia.

He querido escribir el relato de esos once días en el *Anne Louise*. He querido escoger en un libro humilde la novela de mis amigos: de Speedy, de Ted Martin, de Stephan Vance, de Jack Cronin, el Colorado. Mi novela, que es la de un mexicano que fue a la guerra.

Mi historia.

La patria de uno es el pedazo de tierra que ocupan tus pies, dondequiera que te halles; la gente de uno es la que se refleja en el espejo cuando te miras.

NOTA

Por razones obvias han sido alterados en esta historia los nombres del capitán, de los oficiales y de los barcos que en ella figuran. Los de los otros personajes son aproximados, así como reales los sucesos que se narran.

ÍNDICE

EL HOMBRE NEGRO

1

–Lleva siempre el salvavidas bien puesto sobre los riñones...
—dijo Speedy.
–¿Por qué?
Speedy continuó:
–... y espera siempre que pase lo peor. Viajando con él nunca sabrás qué puede suceder en el minuto siguiente. A hombres como Davies no debieran darles barcos.

Davies, Stanton C. Davies, era nuestro capitán, y por lo que yo sabía, un buen capitán de la Armada norteamericana. Speedy encendió un cigarro.

–¿Sabes cuáles son los hombres negros?
–No.
–Son, mexicano, los Davies; los que no tienen suerte.
–¿Y eso, qué?
–¿Eso? Mira, los hombres negros son inconfundibles. La mala suerte les sale a la cara, como una enfermedad. Se rascan para librarse de ella, para sacudírsela; pero se les pega en el cuerpo como roña.
–¡Bah!
–Lo malo —continuó— es que esa roña se les pega también a los que sirven con ellos y a los amigos de éstos, y así sucesivamente. Igual, sí señor, que las enfermedades malas. La cosa no termina nunca.

Dio una gran fumada.

–Por eso te digo: mientras estés a bordo, no abandones el salvavidas ni para bañarte a cubetazos.

Así fue como, una noche de puerto en Inglaterra, oí hablar por primera vez de Stanton C. Davies y de los hombres negros. De Davies, capitán del *Anne Louise*, con matrícula en Nueva Orleáns.

–Davies es nuestro capitán —machacó Speedy, y seguramente hubiese dado cualquier cosa por no tener que aceptar la verdad de aquellas palabras. Pero Speedy, como yo, no era más que un simple marinero, uno de los miles que sirvieron en la Armada yanqui durante la guerra.

Comenzó a preocuparme que Davies, el negro, tuviera nuestra suerte en sus manos. Era mi segundo viaje por el Atlántico y tenía algún miedo. El miedo a lo desconocido. Tal vez, sin darse cuenta, Speedy contribuía a aumentarlo.

–¿Crees en Dios, mexicano? ¿En cualquier Dios?

–Sí.

–Entonces, si sabes rezar, reza.

–Ya lo hago —dije en tono de broma, pero me impresionó la seriedad de Speedy cuando volvió la cara para mirarme.

–Lo necesitarás.

Me gustaba Speedy porque era bueno como un perro. Como un perro bueno. Lo seguiré recordando como un grande y querido amigo. Aquella noche comprendí que me hablaba con una seriedad que no creí que tuviera. Él sabía mejor que yo por qué.

2

–¿Conque ése es el *Anne Louise*? —comenté, mientras contemplábamos el barco, atracado en el muelle de cemento. A lo largo del espigón se alineaba un convoy de ambulancias, y una brigada de hombres transportaba hasta el buque docenas de heridos. Un teniente checaba, en una lista que tenía en la mano, cualquier nombre. Después, la camilla desaparecía a lo largo de los corredores. No pude reprimir un estremecimiento, ni tampoco dejar de pensar que todo iluminado, como lo veíamos, más parecía el *Anne Louise* un espectáculo de feria mexicana que un verdadero buque.

–Sí, ése es nuestro barco.

Notaba malhumorado a Speedy. Dio una última, ávida fumada y botó la colilla al agua.

–¿Barco? —gruñó. Un montón de chatarra, de viejos fierros inservibles.

Era un barcazo viejo y feo como he visto pocos. Siniestro por fuera y un sí es no es también por dentro.

–¿Por qué nos dan éste y no otro, Speedy?

–No lo sé, ni me importa. Sólo quiero volver a América y estar con una mujer de mi tierra. ¡Me revientan las inglesas! Volver a mi comida, y a no pensar en nada. ¿Entiendes? En nada.

–Somos de la Armada. Entonces, ¿por qué nos dedican esta cafetera vieja?

–¡Bah! Es lo mismo. Todos se hunden. Éste o el más brillante y fino acorazado. Todos se hunden cuando llega la hora.

Señalé la fila de camilleros, y los camiones de la Cruz Roja y las enfermeras.

–Además, llevamos heridos, o muertos, quién lo sabe.

–Seguramente al cacharro lo han hecho barco hospital. ¡Ojalá y no sea barco tumba!

Lo dijo burlonamente, pero estaba preocupado. Lo estuvo, me lo confesó después, desde que supo que íbamos a viajar con Davies. Lo hubiera estado más de haber sabido lo que vendría.

–¿Por qué los llevamos? ¿Por qué no los curan aquí?

–¿A quiénes? —Speedy estaba mirando el cielo, oscuro y plano.

–A los heridos. Podrían quedarse.

En ese momento llegó Davies, o el hombre que Speedy me dijo que era. El teniente de la lista lo saludó militarmente cuando abordó el barco. Luego no lo vería yo sino por instantes, como un aparecido.

3

La maniobra fue lenta. El *Anne Louise* apagó sus luces cuando dejamos el abrigo del puerto. Un laborioso remolcador nos acompañó durante dos horas, hasta ponernos fuera de las aguas minadas. Después sólo quedaron en el mar nuestras almas y la oscura soledad.

Acodado sobre la borda recordaba a Sam. A Sam Morrison. Lo conocí una noche de mayo, la primera del otro viaje, tres meses antes. Estuve con él todo ese tiempo y fue mi amigo íntimo. Lloré, lo confieso, cuando lo mataron. No emitió más que un doloroso quejido y se dobló. Sólo se dobló, sin gritos. Su muerte me salvó la vida. La bala era para mí.

Era mi primer viaje largo por mar. América estaba aún cerca y Europa ¡tan lejos! Fue a fines de mayo. El barco rechinaba como si a cada golpe de hélice fuera a desbaratarse. Miraba el agua, pensando en no marearme, cuando Sam se acercó.

–¿El estómago?

–No —sonreí desde la sombra, volviendo el rostro hacia donde había salido la voz. Todavía no. Simplemente, aquí.

–A mí también me gusta mirar el agua.

Me dijo su nombre. Yo le dije el mío.

–¿Latino? —preguntó en español.

–Mexicano. Pero ¡sabe usted español!

–Lo estoy hablando. ¿O no parece español lo que hablo?

Nos reímos a carcajadas. De esa risa nació nuestra amistad.

–Yo también soy mexicano —dijo, mientras con todas las precauciones de ordenanza encendíamos cigarros.

–Pero te llamas Sam Morrison.

–Nací en México, pero mi padre es americano. Me crié y estudié allá. El viejo es gerente de una fundidora. ¿Y tú por qué andas aquí?

Le conté lo mío. Sam estudió en el Colegio Americano y luego trabajó con su padre en la fundidora. Su familia figura en las planas sociales de los diarios de México. Sam jugaba al tennis en el Deportivo Chapultepec y ganó varios concursos juveniles.

Esa misma noche nos hicieron rezar. Todos, de rodillas en cubierta, oramos en silencio. Aquello fue un poco melodramático y acabó por ponernos más nerviosos. Yo seguía temiendo marearme. En el último momento, mientras despegábamos y quedaban atrás las luces de América, mientras buscaba en el muelle alguien a quien decirle adiós para no sentir mi propia soledad, había tenido deseos de que todo no fuera más que un sueño. Traté de pensar que no estaba allí, que una hora más tarde iríamos a echarnos en olas de misterio y miedo.

Sam y yo hablábamos en español y decíamos palabrotas cuando había alguien presente. Nos apodaban "los mexicanos". A solas, Sam insistía en que yo perfeccionara mi escaso inglés.

–Para aprender cualquier idioma —solía decir—, consíguete una amante de esa nacionalidad. El beneficio es doble; amas y aprendes. Como aquí sólo estoy yo, confórmate con aprender.

–¿A dónde demonios iremos? —preguntó la noche que se reunió todo el convoy. Cada día, durante los cuatro anteriores, habían estado agregándose barcos y barcos al nuestro. Eran ya ochenta y formaban una línea interminable y gris en el horizonte. Todos ellos viejos, feos y lentos como el nuestro, parecían ir, también, sobrecargados.

–¡Sepa Dios! A Europa tal vez.

Aunque estábamos aislados del mundo, el radio nos traía, a retazos, los latidos de ese mundo. Cuando Sam o yo nos apoderábamos del aparato del sollado, pasabamos horas esforzándonos por seguir en contacto con México. La noche que captamos por primera vez una transmisión mexicana gritamos como locos.

–¡Que lo entienda el demonio! —farfulló Sam Morrison una mañana.

–¿Qué?

–El viaje y todo esto. ¿Sabes qué llevamos?

–No tengo idea.

Sam me miró muy despacio, como si quisiera decirme todo con aquella mirada.

–¡Agárrate!

Hizo una pausa y luego añadió, masticando las palabras con ferocidad:

–¡Llevamos arena!

–¿Arena? ¿Para qué? ¿O es que a donde vamos no la tienen?

–Arena del mar. Sólo eso. Cargados hasta el tope, y no es difícil que los otros vengan igual.

Día y noche, los grandes hidroaviones Catalina, de la Armada, volaban sobre nosotros en patrulla. El gran convoy navegaba sin escolta. Nuestro barco no tenía ni un pequeño cañón. Sólo cuatro ametralladoras colocadas en pareja a proa y a popa.

El dos de junio cumplí años. Veinticinco. Y sin saber por qué me puse melancólico. Pensé en mi hermano Vicente y en lo que había escrito sobre mí cuando dejé México para alistarme en la Marina de Estados Unidos. Sam, cuando lo supo, me dio un fuerte abrazo.

Durante el resto del día no lo vi. Al atardecer, poco antes de la cena, me llamó aparte:

–Te tengo una "cuelga" magnífica. ¡Sé a dónde vamos!

–¿A dónde?

–A Inglaterra. Más concretamente, a Europa. Acabo de enterarme.

No pude comer nada. La "cuelga" que me daba Sam, y que confirmó más tarde el capitán, no era envidiable. Ir a Europa significaba ir a la invasión, o a algo por el estilo.

¿Para qué demonios, si íbamos a la invasión, a la pelea, llevábamos los barcos cargados de arena? ¿Por qué si se trataba de fajarse con el enemigo, no transportábamos armas?

No habríamos de saberlo sino hasta el momento mismo.

Al nuestro lo bautizaron los periódicos con el nombre "El Convoy de la Muerte". La madrugada del día D nos encontramos ante una playa. ¡Cuánto tardó en amanecer ese seis de junio! Esperaba ver acción: mucho ruido y muchos hombres. Pero no había nada. Nada que no fuera una quietud imponente y tristísima.

Desde las dos de la mañana se nos pasó un aviso:

A LOS TRIPULANTES DE ESTE BARCO:
ESTÉN LISTOS PARA ABANDONARLO EN CUALQUIER MOMENTO.

Esto me hizo asociar que dos días antes se nos había ordenado tener preparadas nuestras cosas en los botes salvavidas. Creímos entonces que se trataba de una simple maniobra de rutina. Muchas semanas después habría de escuchar nuevamente unas palabras parecidas.

A las tres y quince se había repetido el aviso. Sam, que estaba conmigo, dijo:

–Tengo miedo de algo.

Le dije que yo también lo tenía.

–Bueno, somos ya dos.

La oscuridad era entonces completa y fría, y me sorprendió no escuchar ni un solo ruido. El convoy navegaba hacia algún sitio, ya muy próximo, con las máquinas casi apagadas. Pasó una hora. El amanecer se alargaba como la playa. Cuando menos lo esperábamos percibimos el rumor de los aviones; de cientos o miles de aviones pasando sobre nosotros.

Luego empezaron las explosiones. Venían de no muy lejos. Al principio creí que de tierra. Sin embargo, eran los barcos los que estallaban. Mi primer impulso fue correr. Volteé a mirar a Sam. Estaba mudo y muy pálido.

–¡Son bombas! —dijo muy quedo.

Las explosiones eran cada vez más cercanas, rítmicas, intermitentes, como las de una batería disparando cañonazos de honor. Llegó nuestro turno. Tronó algo muy fuerte y todo el casco crujió; pocos segundos después nos íbamos para abajo, al fondo.

Nos habían avisado que estallaría una carga de dinamita para que los barcos se hundieran a medias y formaran ante la playa, que ya difusamente divisábamos a babor, un larguísimo arrecife de acero. De viejos barcos de acero. Y lo que oímos después fueron los primeros tiros de la invasión.

Quedamos entre dos fuegos. Las tropas invasoras aliadas, en

su avance a tierra, se protegían tras los barcos semihundidos. El enemigo, desde la playa de Normandía, levantaba una cortina de balas, obuses y granadas. Y en medio, nosotros.

Sam Morrison murió esa misma mañana, antes de que el sol saliera completamente. Cuando una bala se lo llevó por delante, se dobló sin gritos. En ese momento me abrazaba sin motivo, como si hubiera previsto despedirse de mí.

4

–¿Te has fijado? —era la voz de Speedy. Nunca supe cuánto tiempo llevaba allí, a mi derecha, mirándome. Me volví un poco y alcé los hombros.

–Estaba pensando en un amigo.

–¿Te has fijado? Vamos solos, absolutamente solos, sin convoy. ¿Sabes lo que esto significa?

–Sí. Que lo que nos pase, sólo nosotros lo sabremos.

Stephan Vance llegó después, y Speedy le hizo la misma pregunta.

–Tal vez nos alcancen luego los destroyers.

–Pierda la esperanza. Ya era tiempo de que estuvieran aquí. Hace cinco horas que salimos, y nada.

–Me preocupa Davies —murmuró Vance.

–Yo me preocupo por mí mismo. Davies que se vaya al diablo. Lo conozco demasiado para pedir por él.

–Yo también —susurró Vance.

Él y Speedy habían navegado anteriormente con el capitán, y siempre con mala suerte.

–Porque cuando a uno, como a Davies, le viene de cara la de malas, la cosa se pone fea. ¡Dímelo a mí!

–Speedy, no hables de eso —gritó Vance, y los tres quedamos callados.

Vance regresaba a Estados Unidos —si es que para allá íbamos, como no podía dejar de ser— después de ocho meses de estar en Inglaterra.

–Es algo grande volver —habló después de un rato. Espero que mi mujer no haya olvidado mi cara y me dé con la puerta en las narices. Unas semanas allá, ¡cosa buena!

–Lo mejor, sí señor. ¡El décimo cielo! —parloteó Speedy.

–Será el séptimo —corregí.

–Bueno, el séptimo o el décimo, lo mismo da. De todos modos es el cielo.

–Lo tuyo es diferente, Speedy. Tú no tienes más que a tu viejo y a tu hermana. No tienes mujer.

–Gracias a Dios no tengo una fija, pero muchas sueltas.

–Ethel debe haber llorado cuando nos torpedearon y dijeron que yo había muerto. Nueve días en el mar son para morirse.

–¿Te han torpedeado? —pregunté tímidamente. Mi amistad con Vance era reciente. Una semana antes, en tierra, nos había presentado Speedy.

–Sí, y viajando con este puerco de Davies.

El relato de Vance fue poco más o menos con estas palabras:

–El *San Diego* era un lindo destroyer; Davies, su capitán. Cuando llegué supe que Davies había perdido un barco poco antes. ¡El tuyo, Speedy! No le di importancia, porque el que un capitán pierda su barco en la guerra no es cosa para preocupar mucho a nadie. Alguien me dijo: "Este Davies es negro", pero no hice caso. Nuestro destroyer escoltaba un convoy con tropas. Daba gusto ver cómo corría. La cosa se presentaba fácil. Ni una sola alarma en todo el viaje.

"El día que pasó aquello hacía un tiempo de perros. No en el mar, sino en el aire. El frío nos calaba. ¡Cómo deseaba una buena taza de café hirviente o un trago de whisky! Intempestivamente sonó la alarma, 'es un submarino', decían todos; pero nada podíamos ver. Se tocó a zafarrancho de combate. Los destroyers que iban a otro lado comenzaron a soltar bombas de profundidad. Aquello parecía una jaula de ratones con un gato dentro.

"Nadie supo cómo sucedió. De pronto, todo dio vueltas. La explosión fue horrorosa y nos fuimos al fondo en dos minutos. Los del convoy no podían rescatarnos porque se exponían a que también los torpedearan. Me encontré en el agua, atontado y sangrando. No veíamos más que humo. No pasó mucho sin que el barco estallara bajo la superficie. La mayoría de los que murieron, murieron en ese momento, por la segunda explosión.

"En una milla a la redonda no se veían más que cabezas, negras y mojadas, entre el agua, con chapopote. Como a la hora empezó a levantarse más fuerte el viento y a picarse el mar. El convoy se borró en lo oscuro. La noche estaba ya encima. El oleaje nos dispersó. Cerca, nadaba alguien. Era uno de los cocineros. Pudo llegar hasta mí. Tenía la cara quemada y las manos con sangre. Agua y lágrimas le mojaban el rostro. Cuando el torpedeamiento, habíale reventado enfrente una estufa.

"Se colgó de los palos que me sostenían. Nunca he sabido de dónde salió tanta madera si nuestro barco era de acero. No supimos más hasta el noveno día, cuando un avión patrullero nos encontró.

"En Inglaterra me enteré de que sólo quince de nosotros se habían salvado. Uno de ellos, Davies. De esos quince, contándome a mí, diez venimos en este cochino barco."

Speedy volvió a insistir:

–Y ahora vamos sin convoy.

Yo, sinceramente, tenía un miedo infinito.

NO HAY CRUCES EN EL AGUA

1

A la mañana que siguió, Speedy y yo nos sentamos en cubierta, a popa. Sólo quienes estaban de servicio podían pasar al otro lado. La parte de proa había sido reservada para las enfermeras, los médicos y todos aquellos sujetos de la Sanidad que llevaban una cruz roja a la altura del codo, en la camisa.

La noche anterior, durante el turno, no pude ver nada de lo que había a proa. Sin embargo, no era más de lo que hay a proa en todos los buques. El personal médico decidió hacer vida aparte y no se mezclaba con nosotros, ni tampoco nos dirigía siquiera la palabra. Lo veíamos de lejos, a través del pasillo de cubierta, asoleándose o leyendo en silencio.

Algunas de las enfermeras eran jóvenes y tenían formas aceptables. A su vez, separadas de sus compañeras, un grupo de ellas insistía en dorar sus piernas en el sol desleído y apenas tibio.

Me quedé mirándolas y Speedy pudo leer mis pensamientos.

—¡Te daría mucho gusto "aprender inglés" con alguna de ellas! —y soltó una risita queda.

Sin hablar más nos pusimos los dos a mirarlas. El barco tenía un olor peculiar. Las cubiertas habían sido lavadas cuidadosamente. El chapopote de las junturas de cada tabla era nuevo y estaba apenas secándose con su mezcla de aserrín.

—Ese olor me recuerda el de las clínicas.

—O el de los anfiteatros; allí donde guardan a los muertos.

Percibimos un rumor muy cercano. Los otros marineros se levantaron rápidamente y se pusieron derechos como postes, saludando.

—¡Hey, Speedy, el capitán!

Davies cruzó frente a nosotros y apenas con una débil flexión del brazo contestó al saludo. Era la primera vez que lo veía de cerca y me pareció un hombre alto, plano, duro. Bajo la gorra se adivinaban los ojos azules. Con su tranco largo desapareció en uno de los pasillos. Volvimos a sentarnos.

–Hoy tiene cara de pocos amigos.

–¿Estará enojado?

–Puede ser. Es hombre difícil. No se sabe cuándo está de buen humor.

Speedy estaba pensando en algo. Lo noté desde el principio, aunque no pude saber, ni hacerle decir en qué. Por mi parte no dejaba de mirar el arco de horizonte que iba quedando atrás y al que nos unía la estela de agua rebotada. Había dejado de esperar los destroyers. Seguíamos solos en el mar acerado y fuerte.

Un punto pequeñísimo y zumbante apareció muy lejos, casi al ras del agua, hacia el lado donde debía estar Inglaterra. Inmediatamente comenzaron a sonar las sirenas del barco.

–¡Aquí está el jaleo! —masculló Speedy, al tiempo que despejábamos la cubierta. Las enfermeras huyeron de su asoleo, y nosotros fuimos a la pieza cinco, de la que éramos servidores. Desnudamos las ametralladoras de sus fundas de lona embreada y los cañones brillaron empavonados. El silencio, por lo brusco, era absoluto, y el ruido del barco al frotar el agua era el único indicio de que no moríamos, de que no estábamos ya muertos.

"Ojalá sea una gaviota", pensé, recordando una escena de cierta película. La gaviota, sin embargo, tenía motores. Los oíamos zumbar, invisibles para los de la cinco, pero cada minuto más cercanos, hasta que el ruido sacudió al barco, cuando el avión pasó encima, a unos cien metros. Respiramos al ver brillar en su pulido fuselaje las insignias de la RFA.

–Por lo menos —murmuró un poco alegre Speedy— éste fue de los amigos.

Izaron las banderas y el avión pasó de nuevo, esta vez más cerca, para verlas. Después de todo nos alegraba tenerlo allí, aunque sólo fuese por unos minutos. Deseé con toda mi alma estar en él, y no supe por qué. Describió durante un cuarto de hora una docena de círculos sobre nosotros y se fue. Los tripulantes agitaron las manos, despidiéndole. Con cierta melancolía, lo vimos perderse otra vez entre las nubes y desaparecer. Seguíamos solos.

2

Uno de los que acababan de ir del lado de proa se acercó a nosotros. Era un muchachote de mandíbula cuadrada.

–¿Ya supieron?

–¿Qué?

–Dos de los heridos acaban de morir. Allá adentro —y señaló el pasillo por donde había entrado Davies hacía un rato— han armado un escándalo grande. De seguro que hoy tendremos función.

Jack Cronin, el Colorado, se despidió con un gesto, y silbando "Kiss Me One"... fue a contar la noticia a los otros. Sus espaldas eran anchas como puertas de iglesia y el pelo parecía una llamarada. Tenía la cara pecosa, como huevo de guajolota.

–Buen muchacho el Colorado. Y muy valiente, mexicano. Nos salvamos juntos en el primer chapuzón. Conoce de largo a Davies.

Cuando el capitán reapareció, lo acompañaba uno de los médicos. Pasaron sin contestar nuestro saludo. El aire gris se llevó un pedazo de lo que hablaban.

–... si no hay otro remedio —decía el médico, y se encogió de hombros.

–No lo hay —replicó firmemente Davies. Es lo mejor que podemos hacer, estoy seguro.

3

El tiempo empezó a descomponerse al mediodía. Soplaba un nordeste frío y violento, y el *Anne Louise*, con sus nueve mil toneladas, se bamboleaba rechinando. Un marinero viejo me había dicho una vez: "Los barcos se quejan y lloran como gentes". Escuchando esa tarde al viento que golpeaba el casco del lento carguero, comprendí que tenía razón. El *Anne Louise* parecía quejarse como un anciano reumático. A veces gritaba como un gato al que le han pisado la cola.

Los camareros equilibraban los platos sobre la cabeza, y Vance se vació encima un gordo frasco de salsa cuando el barco dio un bandazo.

–¡Maldita sea! —profirió, y todos soltamos la carcajada. Vance acabó riendo también.

–¡Cooker! —gritó el Colorado.

El jefe de la cocina se asomó con su mandil blanco y su gorra. Era un negro, grande como un boxeador. Su quijada, como reja de arado.

–¿Qué? —preguntó con voz pastosa y cansada.

–¿Por qué dieron de comer tan tarde?

–Pregúnteselo al capitán. Él lo sabe —repuso la voz negra y suriana. Cooker volvió a la cocina, de la que venía un sabroso olor a fritura.

La comida fue buena. Muy superior a la cena de la noche anterior.

–¡Así da gusto! Buena comida y poco trabajo —aprobó Speedy, quitándose con la uña un pedazo de carne que se le había quedado entre los dientes. Se palmeó la barriga, que comenzaba a combársele a pesar de sus veintinueve años. En pocos barcos se come tan bien como en este cacharro.

4

No entrábamos hasta el turno de las ocho, nos fuimos a tumbar al sollado. Allá dentro, a veinte pies bajo cubierta, percibíamos el ruido del viento y el golpetear de la marejada contra las bandas. Alguien estaba tocando su acordeón. Esa música, que ayudaba a nuestros estómagos, no llegaba hasta el otro lado del barco, donde habían improvisado la sección hospital. Allá olía a desinfectante; aquí, a hombres apiñados, a camas revueltas, a cigarro consumiéndose. La casa, así le decíamos, no era confortable ni nada que se le pareciera. Medio centenar de camastros se alineaban a cada lado de la pared. Sobre cada cama había, pegadas con chicle, estampas religiosas, retratos de mujeres o recortes de bañistas (las pin-up girls de la guerra).

La música del acordeón y las voces apagadas de los otros me hacían cosquillas en los ojos y en la panza. "Es una música de sueño", pensé, antes de dormirme.

5

–¡Despierta, mexicano! —gritó Speedy, sacudiéndome.

Abrí a medias los ojos y lo vi enfrente. Sentía pesada la cabeza, y en el pescuezo, el sabor de la grasa. "No vuelvo a comer tanto", me dije.

–¿Qué carambas sucede? —farfullé medio dormido, mientras tanteaba como un ciego para buscar mi salvavidas.

–Take it easy! —dijo Speedy, palmeándome la cara para acabar de despertarme.

Bostecé y tomé la caja de cigarros.

–¿Éste es un barco hospital, verdad? —preguntó lentamente, mientras encendía uno.

–Sí.

–¿Un barco hospital que lleva heridos?

–Sí, a montones; y ya, también, un par de muertos.

–¿No se te ha ocurrido pensar para qué llevamos heridos a América, si es que para allá vamos?

–Ya lo dije ayer —repuse y me volví a tumbar.

Speedy sacudió mi catre:

–No te duermas, y escucha. He pensado, mientras tu roncabas, una porción de cosas y no he podido encontrar las respuestas.

Lo oía hablar entre sueños, muy lejos. "¡Que se calle y me deje en paz!", pedí furiosamente.

–La principal es: ¿por qué llevamos heridos graves, que pueden morirse, que ya se han muerto? ¿Qué dices a eso?

–Nada. ¡Déjame dormir! —me revolví en la cama para esconder las narices en la almohada.

No habló más y supuse que también se había dormido. Debió transcurrir un rato largo antes de que Speedy volviera a sacudirme.

–Si éste es un barco hospital —le oí decir—, ¿por qué no lleva cruces pintadas en las bandas y en cubierta?

"Cruces, cruces, cruces, en las bandas." Las palabras me estremecieron por dentro. De un salto me senté en la cama.

–¿Qué dices?

Speedy sonrió sarcástico:

–¡Vaya, hasta que te destripé el sueño! Digo que si éste es un barco hospital, me parece bastante, pero bastante raro que no tenga cruces pintadas. Grandes cruces rojas, como los barcos hospital.

Yo seguía amodorrado. No había reparado en eso, porque no le di importancia o porque no reflexionaba como Speedy, que estuvo pensando mientras yo dormía. Eso es malo, sobre todo cuando se viaja en plena guerra en un barco inerme y sin convoy. Seguramente Speedy tampoco tropezó con ese importante detalle mientras no pensó en él. Ahora sería muy difícil sacárselo de la cabeza.

–¿Y qué? —fingí.

–Viéndolo bien —se encogió de hombros—, no tiene importancia. Pero quise decírtelo.

Después de un rato, mientras buscaba los cerillos que se habían caído bajo la cama, pregunté:

–¿Cómo sabes que no las traemos?

–¿Las viste en la cubierta o en las bandas? Las cruces rojas es lo primero que se ve en un barco hospital. Esto es, si no eres ciego.

6

A eso de las cinco salimos a cubierta. El viento helado acabó de despejarme. Aunque el mar no era grueso, el *Anne Louise* embarcaba grandes burros de agua al cortar las olas a tumbos. El viento silbaba en los cables ríspidamente, como si tuviera un papel de canto a los labios.

–¡Te va a gustar! —gritó Speedy por encima del ruido del viento.

–¿Qué? —grité yo también.

–La ceremonia. El funeral. ¿Has visto alguno?

–Sí.

–¿En el mar, digo?

–No, en el mar no.

–Impresiona. Vas a tener que rezar.

Asentí con la cabeza, porque no encontré una sola palabra de respuesta.

–La cosa no tardará mucho. Antes de que sea de noche —volvió a gritar, mirando, en consulta, el cielo nubarroso.

El reloj de la derrota sonó los cuartos, las medias y las horas, dos veces. Sin embargo, todo hacía suponer que no veríamos ningún funeral, por lo menos esa tarde. Y supuse bien, pues no lo hubo; ni rezos ni lo demás que se acostumbra. En realidad, no hubo nada.

7

–Es raro —dijo Speedy de pronto, hablando con la boca llena de costilla y papas. Estábamos en el comedor de tripulantes, enfrentados a la cena.

–¿Que no hubiera funeral?

–Sí —y me miró sorprendido, como pensando si pude haber imaginado de qué hablaba, o como si pensáramos la misma cosa. Eran ya las siete treinta y había oscurecido. El ruido del mar, apagado y fuerte. El movimiento, menor que al mediodía.

Allí dentro, el ambiente era tibio aunque un poco pesado. Puertas y ventilas estaban cerradas y recubiertas con parlo negro, para que la luz no se filtrara al exterior.

–Tal vez se aplazó, mexicano. ¡Con este tiempecito...!

Esto pareció convencerlo. Jack Cronin, el Colorado, comentó:

–Un funeral a esa hora espantaría a las mismas brujas.

Yo tenía ganas de que la ceremonia se hubiera ya efectuado; no por otra cosa que por curiosidad.

–Por el tiempo —acepté, señalando la noche que gritaba al otro lado de las puertas.

–Será mañana —replicó Vance.

Sí, era lo más probable. Tenían que deshacerse de los muertos, y la forma más sencilla era lanzarlos al mar, dentro de una bolsa de lona y con un pedazo de plomo atado a los pies.

El Colorado comía con una voracidad tremenda, semejante a la de Speedy. Con verdadera maestría había aderezado un robusto trozo de carne, decorándolo con salsa roja, papas fritas, queso, aceitunas y cebollas en vinagre. Concienzudamente cortaba la carnaza en cuadros, ponía sobre ellos todo lo demás y se lo empujaba dentro de la boca.

–¡Eh, Colorado! Tómalo con calma, que no se va a acabar —le grité, y todos se volvieron a mirarlo; pero no me hizo caso y siguió remoliendo con sus mandíbulas cuadradas.

Pocas veces como en ese viaje había visto más activos y serviciales a los cocineros. Hasta el comedor llegaba el chirriar de la manteca, cuando caían en la sartén los grandes bistecs. A lo largo de la mesa habían sido colocados platones rebosantes de filetes y ensaladeras repletas. ¡Daba gusto ver cómo el Tío Sam alimentaba a sus sobrinos!

–Mañana verás el funeral —habló Speedy. Es algo impresionante de veras. La primera vez que vi uno, por poco suelto el llanto.

8

A las ocho fui a cubrir mi guardia en la derrota. Había comido como un salvaje y tenía sueño. El aire me hizo bien. Mi estómago era una bolsa enorme, llena de carne con papas y la dulzona salsa de tomate, insoportable.

–Esta noche acabaron tres —estaba diciendo el teniente Collinson cuando entré. Contestó a mi saludo y continuó su plática con el segundo comandante Atkinson.

–Es de sentirse —contestó Atkinson con indiferencia. Hasta creo que contestó por mero cumplimiento, pues no pareció afectarle la noticia. Siguió inclinado sobre la mesa de mapas, localizando una línea.

Estiré los ojos para ver por dónde íbamos. La carta no me decía gran cosa. Era una carta del Atlántico del Norte, en la que ocupaban gran parte las líneas inferiores del círculo ártico. Una X señalaba el punto teórico en que se encontraba en ese momento el *Anne Louise*. De esa X hacia el infinito del mar —infinito delimitado por los márgenes del mapa— partía un trazo curvo tirado con la puntilla roja de Atkinson.

—Con esos tres, ya van cinco en treinta horas —insistió con voz cansada el teniente Collinson. Era un muchacho vigoroso, moreno, perfectamente lampiño. Parecía estar fatigado.

—¡Y es sólo el principio! Veremos cuántos más mueren en este viaje.

—¿Y el capitán qué dice?

Atkinson se irguió. Con el lapicero golpeaba distraídamente la palma de su mano. Sería unos quince años mayor que el teniente. Siempre me pareció, por lo reservado de su carácter, que era un hombre tan seco como un pedazo de magnesia.

—Nada. Anda más huraño que nunca —y se puso ligeramente jovial al añadir—: quizá por efecto de esa leyenda que corre a sus costillas en todos los barcos.

Yo no apartaba los ojos de la brújula magnética, ni las orejas de lo que conversaban Atkinson y el teniente. El segundo se asomó a la carátula y su cara se iluminó con los destellos morados, rojos y verdes que emanaban del aparato. Variamos ligeramente la posición más al norte.

—Dicen algo así como que es negro, desafortunado —aventuró el teniente.

—Davies es un hombre que cumple con su deber; un hombre eficiente —repuso Atkinson, y creí adivinar en sus palabras un vago matiz de dureza y reproche.

Collinson se disculpó con desenfado:

—Claro; pero es lo que dicen los marineros.

—Algo así —subrayó el segundo, con su aire distraído. Después salió.

El teniente encendió su pipa y se dejó caer en una butaca, a mis espaldas.

En la madrugada arreció el frío, aunque el mar continuaba calmado y negro. Me puse a pensar en Vicente. A esa hora, allá sería de día, hallaríase en algún café de México o escribiendo en la redacción. Aquí, en esta soledad, era noche; alta noche. En la ciudad, apenas atardecer, crepúsculo.

"Procura ver y oír", me había dicho Vicente antes de que el tren arrancara en Buenavista. Quería decirme, y así lo comprendí, que una experiencia como la de ir a la guerra se presenta una sola vez en la vida. Él también es joven pero su carácter es diferente al mío. Si no, también hubiera venido a la guerra. Ahora estaba viendo y oyendo, como fueron sus deseos, con todos mis ojos y todos mis oídos, aunque sólo fuese el mar y la absurda historia de Davies.

"Vicente necesita salir —me dije. Le hace falta. Sus treinta años lo están haciendo viejo por su insistencia en no abandonar sus costumbres, su rutina."

Dos minutos antes de las cuatro, el Colorado vino a relevarme. Ambos teníamos sueño. Yo, por fortuna, iba a empezarlo apenas. Él había interrumpido el suyo.

9

Un aire helado y gris entró por el ojo de buey.

—¡Cierren, hijos de perra! —gritaron desde el fondo del sollado.

Abrí los ojos. El viento me pegó en la cara y me hizo estremecer. Olía a gente dormida. En las camas, los cuerpos formaban garabatos de piernas, brazos y cobijas. Speedy fumaba y el olor del tabaco me revolvió el estómago.

—¿Qué diablos estás haciendo? ¡Cierra, o te rompo la cara!

Speedy no me hizo caso y agitó la mano llamándome. Por la ventila se filtraba un chorro resplandeciente y cegador de luz opaca.

—¡Mira, mira eso!

Algo como una montaña blanca e inmensa navegaba en sentido contrario al nuestro, a unos cuatrocientos metros. El nuevo sol se hacía polvo de colores al tocar el hielo. Era algo prodigioso y extraordinario para mí ver de cerca un iceberg. Las otras ventilas se abrieron para poblarse de caras aún adormiladas.

—¡Los hielos! En buena estamos —masculló Speedy. Ahora el cacahuate este tendrá que navegar más despacio todavía para no chocar contra ellos. ¡Imagina lo que pasaría si eso nos embistiera!

Pensé estúpidamente que el agua debía estar heladísima.

10

–¿A dónde vamos?

Vance había acabado de comer su cereal y esperaba el café para completar su desayuno. Vance operaba en las máquinas. Su trabajo era, indudablemente, más pesado que el nuestro, y su apetito, admirable. Esto no me extrañaba, pues hasta yo, que no soy un glotón, me asombraba de mi capacidad para engullir y limpiar los platos. ¡Pero es que la comida era realmente buena!

Relaté lo que había visto en la cabina de derrota la noche anterior.

–¡De seguro vamos al Polo! ¿Lo dudan? ¡Pues vean los icebergs! —dijo Speedy.

–Oí al teniente Collinson decir que anoche habían muerto otros tres heridos.

–Y los dos primeros... son cinco. ¡Qué funeral!

–Me revientan los sermonazos —escupió Vance.

–Espero que los haya —indiqué.

–Habrá, no te quepa duda. ¡Un bonito funeral con cinco fiambres al agua!

–La cosa debe ser grave —continué. El segundo dijo algo así como "y los que faltan todavía".

–Yo —intervino Speedy— sigo preguntándome: ¿con qué objeto sacamos de Inglaterra a esos moribundos?

Vance sorbió ruidosamente un trago de café.

–¡Vamos a América! Si no fuéramos para allá, no me habrían embarcado.

–No creas en las palabras de los señores de la guerra —recomendó Speedy. En fin, si vamos para allá, tanto mejor. Las lindas chicas de la patria, esperándonos. En cuanto empuje el pie en tierra, me busco una y duermo ocho días seguidos con ella.

Soltamos una carcajada, coincidiendo en que a todos nos gustaría hacer lo mismo.

11

Aunque nadie lo dijera, todos estábamos preocupados por los submarinos.

–¿Qué pasaría si apareciera uno frente a nosotros?

Speedy dio un salto y me miró furioso. Así había brincado un maestro de la preparatoria a quien le pusimos una tachuela en la silla.

–¿Quieres callarte, hijo de...?

Lo había exasperado. De otro modo no hubiese largado el insulto con tanta ira. Speedy era un tipo valiente. Lo sabía de sobra, porque lo había visto o por lo que otros me contaron. Capaz de fajarse con media docena de boxeadores. ¡De ese calibre era! Mis palabras, al irritarlo, le escarbaron el miedo. Un miedo tremendo que se tradujo en palabrotas. Era valiente hasta un límite y miedoso de ese límite en adelante. También solía ir pensando en los submarinos. Uno, allí, con sus cañones apuntándonos, sería peor que una pandilla de matones de puerto. El *Anne Louise* iba indefenso como una mujer.

–¡No hables de ratas! —dijo al cabo. Estaba más tranquilo, aunque taciturno. Con su chaquetón de lana azul y su gorra de mal tiempo metida hasta las orejas, veíase más grueso de lo que era.

–¡Hace frío como un diablo!...

–¡Brrrr! —hizo él, golpeándose con los codos las costillas. En la noche va a ser peor.

El *Anne Louise* cambió bruscamente de rumbo para evitar el choque con un iceberg que flotaba entre dos aguas, apenas a superficie. Un minuto después lo vimos pasar muy cerca de popa, como un fantasma congelado.

Aquel fuerte olor a medicamentos que notamos el día anterior corría por todo el barco en el aire frío. Las superficies de metal, en las paredes, en las perillas de las puertas, en los travesaños de la baranda, babeaban de hielo. Los médicos que pasaban a veces por los corredores iban sólidamente abrigados, y sus narices, como las nuestras, eran rojas y brillantes. Sólo dos de las enfermeras estaban en cubierta, del lado de proa. Traían encima largos abrigos azul marino, con insignias militares en los hombros. El mar sacudíase y las olas, festoneadas de espuma, me hacían recordar una enorme nevera dando vueltas.

–¿Ves aquel hombre? —Speedy señalaba a uno, de uniforme, que estaba acodado sobre la baranda, a mitad de la distancia entre las enfermeras y nosotros. No lo había visto nunca y no sabía quién era. Alto y delgado y, así de lejos, bastante joven.

–¿Quién es?

–El padre Gallagher. Simon Gallagher. Lo conozco de antiguo. ¡Vamos a saludarlo!

Rápidamente, Speedy nos dio unos cuantos detalles sobre el tipo de uniforme: era de Louisiana y fue un excelente jugador de futbol.

–¡Padre Gallagher, qué gusto verlo! —Speedy le tendió la mano. ¡Nunca imaginé encontrármelo aquí...!

Simon Gallagher no parecía un sacerdote. Esto es, no me parecía a mí que lo fuera, comparándolo con los de mi tierra, que son casi todos gordos. Era un muchachote con tipo de profesor de escuela. Usaba un cuello blanco, liso. Vestía uniforme y llevaba una pequeña cruz dorada en cada solapa.

–Usted—miró sorprendido a Speedy. Usted es...

Speedy iba a decirle su nombre, pero el otro lo interrumpió:

–No, déjeme recordar. Es que con esta memoria. Eso es: Charles Johnson, ¿no?

–¡El mismo, padre! Para mis amigos, simplemente, Speedy...

Se pusieron a hacer referencias de un montón de cosas que yo no comprendía. De pronto, como recordando que yo también estaba allí, se volvió:

–Padre, éste es Armando Villa, mexicano.

Gallagher me miró con sonriente curiosidad:

–¿Villa? ¿Como el general? —echó afuera una risita alegre. ¿Por qué todos los mexicanos que andan en la guerra se llaman Villa? Conocí a otro en... Bueno, no viene el caso. Mucho gusto, señor Villa.

La última frase la pronunció en un español aceptable. El pareció notar mi asombro.

–Conozco su país. Cuatro años seguidos fui a los cursos de verano —añadió en mi propio idioma.

Speedy no entendió una sola palabra; pero antes de que abriera la boca para preguntarme, le expliqué todo. Y él también:

–Conocí al padre en el *Omaha*, en el otro barco del capitán Davies.

Hice ¡ah!, y él prosiguió:

–Qué suerte la nuestra, ¿eh, padre? Me dio mucho gusto saber que se había salvado.

–Algo semejante sentí yo por ustedes, Johnson...

–Speedy, padre —insistió ufano.

–Sí, mucho gusto, Speedy. Sentí, sin embargo, a los que se fueron.

Era notorio que el padre evitaba, deliberadamente, decir "los que murieron".

–Cuarenta y siete magníficos muchachos, padre.

–Tengo entendido, Speedy, que un hermano suyo... estuvo entre ellos. ¿No es así? —aventuró el padre con mucho tacto. Speedy se puso sombrío y bajó la cabeza:

—Sí, padre, allá quedó él —y su mirada fue haciéndose ancha.

Me dolían las manos por el frío. Un cosquilleo insoportable me corría por las piernas. Estuve flexionando las rodillas para que no se me helaran. El viento se metía por el tubo de los pantalones y erizaba el vello.

El padre Gallagher quiso aparecer alegre al cambiar el rumbo de la plática:

—He oído decir que vamos a América. ¿No es estupendo?

—Lo mismo sabemos nosotros —mintió Speedy, porque de cierto no habíamos hecho más que conjeturas.

Nos alegramos, sin embargo, de confirmarlo. Pero ¿por qué no seguimos la ruta de los convoyes?, pensé.

—¿Usted no sabe, padre, a qué puerto llegaremos?

—No —repuso amable, pero secamente. No lo he preguntado.

—Padre Gallagher —Speedy se puso muy serio—, ¿usted cree en la mala suerte?

—No sé que entienda usted por mala suerte.

—Simplemente, la de malas. Eso que hace que a determinados hombres se les voltee siempre de espaldas el santo.

No fue Speedy, sino yo, quien se mordió la lengua por tal irreverencia. Entre nosotros hablábamos libremente de esas cosas, pero no, como en este caso, ante un sacerdote. El padre Gallagher se ruborizó un poco:

—No creo —dijo con suavidad— que exista la mala suerte.

—Por ejemplo, padre, ¿no fue cochina suerte que aquel torpedo, que no iba contra nuestro barco, le pegara, para mandarnos al fondo y que murieran cuarenta y siete hombres? ¿No es eso mala pata?

Speedy había hablado casi agresivamente, como acostumbraba hacerlo cuando se excitaba. Temí que el padre se molestara.

—No, Speedy. Aquello no fue mala suerte, al menos así lo considero yo, sino solamente obra de la mano de Dios.

Y para que la discusión no siguiera, el padre Gallagher hizo una leve reverencia y se fue.

—¡Ojalá y *la mano de Dios* —Speedy recalcó las cuatro últimas palabras— no caiga sobre nosotros en este viaje!

La muerte en la balsa

1

Era la primera vez que estaba cerca del capitán Davies. Cerca, en el cuarto de derrota. Llevaba su chaquetón azul. El frío hacía más fuerte el trazo de sus venas en las manos poderosas. Consultó el rumbo y se puso a estudiar la carta. De reojo lo espiaba, y me acordé de lo que Speedy y yo hablamos la noche de la partida. "¿Conque éste es el hombre negro?"

Recuerdo muy bien que entonces le pregunté a Speedy:

–¿Por qué le dieron a Davies un barco como el *Anne Louise*?

–También yo me lo pregunto. A tipos como él no debían darles ni el *Anne Louise* ni ningún otro. ¡Con su mala suerte!

–Dejemos eso de lado —argüí. Davies es marino de carrera, capitán de la Armada. No me explico por qué manda ahora un barco viejo que ni siquiera es de guerra.

–Ya te dije. Porque es negro.

Era inexplicable. En los primeros años de la lucha —y creo que durante toda ella— escasearon los buenos oficiales en la Marina. Quiero decir, los oficiales de experiencia. Davies, por lo que supe después, había peleado en la del 14-18. En activo hasta 1930, pasó después a la reserva. En 1941, fresco Pearl Harbor, reingresó en la Marina. Speedy me dijo que al *Omaha*, donde él lo conoció.

Al *Omaha*, que se fue al fondo a fines de 1942.

Speedy había hecho una vaga alusión al suceso cuando hablamos con el padre Gallagher. Escaseaban, en efecto, los oficiales con experiencia para manejar los nuevos barcos. Esos nuevos, hermosos barcos que salían de los astilleros para aumentar cada hora el tonelaje de la Armada yanqui. ¿No era preferible —aun ahora, cuando tenía ya dos hundimientos— que Davies comandara un destroyer, un crucero; vaya, una simple corbeta, y no un montón de fierros viejos llamado *Anne Louise*?

2

Me sentí palidecer cuando las alarmas del barco volvieron a sonar. Sin saber por qué, por uno de esos movimientos inexplicables por instintivos, alcé la cara para mirar la hora en el reloj eléctrico que tenía enfrente: eran las 12:19, y hacía sólo veinte minutos que había relevado al del turno anterior; Davies se alzó bruscamente de sobre los mapas. En ese momento entró Collinson:

—A milla y media a babor se ha visto un objeto flotando, señor —informó, cuadrándose ante Davies.

Cuando ordenó que compareciera el segundo comandante comenzaron a tocar a zafarrancho.

Stanton C. Davies volvió a la carta, le echó una ojeada y luego descolgó el teléfono interior. Vociferó unas breves órdenes a máquinas. Su voz era fría y dura. No había emoción o inquietud en ella. Se volvió a mí:

—¡Manténganse!

De abajo venían los ruidos de las carreras y el chasquear de los cerrojos de las ametralladoras. Alguien vomitaba insultos: "Suéltala, bruto". El *Anne Louise,* con todos sus ruidos sonando, parecía un becerro asustado que llama a la vaca madre. El barco resoplaba furiosamente y todos los cables zumbaban al viento. La voz de los insultos machacaba: "Así no, que la rompes". Luego caía, fuerte, seco, el resorte del ajuste. Conocíalo hasta por el eco: es la pieza cinco y no pueden ajustar el peine de las balas.

Como lanzado por una catapulta entró el segundo comandante.

—Hágase cargo —le ordenó el capitán, y salió.

Desde el panel divisaba yo toda la proa. La pieza dos había sido descubierta y los cuatro cañones de la ametralladora estaban alerta. Los servidores traían puestos sus salvavidas grisazul con unas grandes letras pintadas: USN (United States Navy). Se hizo en cubierta un gran silencio. El *Anne Louise* trepidaba sacudido por sus máquinas, cincuenta pies más abajo. Parecíamos cazadores de patos a punto de disparar sobre una bandada. Atkinson había clavado los prismáticos en algún punto del mar que yo no alcanzaba a ver, y no los quitaba ni un segundo. En voz alta, como si hablara sólo para él, iba ordenándome las variaciones del rumbo. Navegábamos en zig-zag, como se acostumbra en estos casos.

Me habían enseñado que la mejor defensa en situaciones

como la presente, y en tanto que no se supiera a qué clase de peligro íbamos a enfrentarnos, era aumentar la velocidad del barco y describir rápidos zig-zags. De tratarse de un submarino, estaríamos siempre en condiciones de huir, y en tanto lo hacíamos no presentábamos un blanco fijo a los torpedos o a las andanadas de los cañones.

Debe haber pasado un minuto desde que se dio la señal de alarma, pero a mí se me hizo eterno. Me sentí durante los sesenta segundos el hombre más infeliz e inerme del barco, de toda la guerra, pegado a la rueda de mando, sin quitar los ojos, más que a breves intervalos, de la brújula y su roseta.

Por órdenes del segundo hice describir al *Anne Louise* un arco de doscientos veinte grados, que me permitió ver a medias de qué se trataba. A no más de quinientas yardas había algo, liso y negro, a flote. Nos acercamos más, en línea quebrada.

—¡Es una balsa! —murmuró el segundo con los dientes apretados, bajando los binoculares. Completamos el viraje de trescientos sesenta y enfilamos luego directamente a lo que flotaba.

Redujimos la velocidad en un cuarto.

No paramos luego por precaución. Cualquier marino de guerra conoce las trampas de los submarinos. Una de ellas, que al principio les dio buenos resultados, consistía precisamente en soltar una balsa, con dos o tres de sus propios tripulantes, y dejarla a la deriva cerca de las rutas de los convoyes. Los barcos se detenían a rescatar a los "supervivientes" del supuesto naufragio. Cuando más entretenidos estaban en la faena, emergía el submarino y los torpedeaba por sorpresa. Miles de toneladas se fueron al fondo por esto. Pero pronto aprendimos, y las bajas fueron infinitamente reducidas. De allí en adelante, siempre que se encontraba una balsa, con o sin gente, los barcos que iban al rescate tomaban todas las seguridades posibles.

Durante casi media hora continuamos dando vueltas alrededor de aquella cosa negra; vueltas cada vez más cerradas, hasta que la balsa quedó a unas cuantas yardas de nosotros. Entonces paramos.

Al lugar en donde estábamos nos llegaron claramente, en el aire frío y delgado, los gritos de quienes dirigían el rescate. Alguien, invisible para mí, debió dar una señal a Atkinson, y éste dispuso:

—A media.

Tomamos el rumbo original y el *Anne Louise* siguió adelante.

Davies regresó. Por lo que dijo Atkinson colegí que en la balsa venían dos hombres. Más bien, uno solo, porque el otro tenía, a decir del médico, cuando menos dos días de muerto. El superviviente estaba muriéndose también. El padre Gallagher y el doctor Marsans bajaron con él.

–Disponga lo necesario para el funeral, Atkinson —dijo el capitán.

–¿Para uno... o para dos?

–Para dos.

No se equivocó Davies. Cuando terminaba mi turno fueron a decirle que el moribundo había expirado. Veíase más sombrío aún. Meneó la cabeza con un movimiento que bien podía ser de pena o de fastidio.

–¿Todo listo, Atkinson?

Éste, que había venido a informar, asintió:

–Todo, señor.

3

En la guerra, un muerto o veinte muertos no es nada. Speedy se sentía hasta alegre. Mientras comíamos dijo:

–Ahora sí veremos el funeral, mexicano. ¡Precioso funeral! Como si nos hicieran falta muertos, tenemos ya otros dos.

Me molestaba un poco ver a los muertos después de tan suculenta comida.

4

Excepto los que estaban de servicio, los demás marineros y oficiales formamos en cubierta, a estribor, donde no pegaba tan fuerte el viento. Más de un centenar de individuos estábamos allí en posición de descanso, con la cabeza descubierta y las manos bajas, cruzadas.

Speedy me picó las costillas con el codo:

–Mira, ¡sólo dos vamos a largar!

Eran, en efecto, dos bultos forrados de lona los que estaban sobre un improvisado túmulo, a orillas de la cubierta. El moribundo iba prácticamente muerto cuando lo recogimos y murió sin poder decir una sola palabra. Se le encontraron papeles y fotografías. Por ellos se supo que era sueco, como su compañero. El doctor Marsans creía que llevaban en el mar, sin comer ni beber, más de una semana.

Me preguntaba si les pondrían encima la bandera. No pude ver ninguna por allí; pero era de esperar que así fuera. Recordé la neutralidad de Suecia, y por pensar en algo traté de reconstruir, a mi modo, los detalles del naufragio, producido seguramente en un torpedeo.

El magnavoz ordenó firmes. Se escuchó un ruido seco y parejo. Aparecieron el capitán Davies y el padre Gallagher, con Atkinson y los otros oficiales superiores. Ni los médicos ni las enfermeras estuvieron presentes.

Aquellos fueron unos minutos inolvidables para mí. Todos teníamos las caras hoscas y serias. El viento nos agitaba el pelo. Oficiales y sacerdote permanecieron un minuto junto a los cadáveres, con la cabeza inclinada.

–¡Proceda! —exclamó Davies.

El padre Gallagher sacó un libro de oraciones y comenzó a rezar en voz baja, como un suspiro. De cuando en cuando alzaba los ojos al cielo anubarrado o dibujaba en el aire el signo de la cruz. Cuando terminó, el silencio de los hombres se hizo más dramático. Sentí ganas de llorar o de largarme, a pesar de lo mucho que me interesaba la ceremonia. Miré a Speedy. Su rostro no tenía ninguna emoción.

Davies hizo una pequeña indicación a los cuatro marineros cercanos al túmulo. Dos de ellos fueron alzando lentamente la tabla, hasta que el primer cuerpo empezó a resbalar. Pesadamente se deslizó al vacío. El golpe fue seco, contundente. La escena se repitió, y pronto dos tumbas se cerraron en el mar. Dos tumbas de la muerte náufraga en la balsa.

5

–¡Al diablo si lo entiendo! ¿Sabes, mexicano, que éste es el viaje más raro que he tenido?

Speedy interrumpió su cena para hablarme. Desde por la tarde noté que andaba taciturno. Después del funeral nos quedamos en cubierta mirando el mar, como si esperásemos ver de nuevo los cadáveres. Intentamos platicar, pero ni él ni yo teníamos ganas de hacerlo. Esas palabras fueron las primeras que decía.

–¿Qué hay de raro? ¿Los muertos?

–No y sí. Según como los mires.

–¿Cómo está eso?

Limpió perfectamente su plato y se echó un gran trago de café.

–Los muertos, sí. Desde que salimos hemos tenido cinco, y estos dos, siete. ¿Correcto?

–Sí.

–...Y aquí está lo zonzo: si tenemos siete muertos a bordo y hemos dado fondo a dos, ¿dónde están los otros cinco? Más bien, ¿por qué no hemos hecho lo mismo con éstos?

No supe qué contestar. Speedy preguntó también al Colorado y a todos los que estaban cerca, y nadie, tampoco, supo qué decir.

6

A las doce de la noche terminé mi segunda guardia y fui a acostarme. Todas las ventilas estaban cerradas por el frío, y los manguerotes no alcanzaban a vaciar el aire del sollado. Olía a sudor ácido, a gente que duerme amontonada y a tabaco. La atmósfera era caliginosa e irrespirable. Ofendía.

–¿Qué haces? —pregunté al tumbarme.

–Escribo una carta —repuso Speedy.

Desde que lo conocía, era la primera vez que lo veía escribir. Sentado como un Buda sobre el catre, Speedy iba trazando lentamente unas letras gordas e irregulares en la hoja de papel.

–No sabía que te gustara escribir.

–Algo tengo que hacer —y se quedo pensativo, con la punta del lápiz entre los dientes.

Había sacado el saco de lona donde tenía sus cosas: un par de camisas a rayas, unos calzoncillos, calcetines, su navaja de rasurar, la brocha, el tarro del jabón, un peine, un frasco de agua de colonia barata; todo su equipaje, en fin, estaba sobre el catre. Y un libro pequeño, de pastas negras.

–¿Lees, Speedy? —me había sorprendido hallar un libro entre sus cosas. Alargué la mano para tomarlo.

–Es la Biblia —dijo, a manera de disculpa.

Era una Biblia ordinaria, con una encuadernación también ordinaria. En el canto rojo había puesto su nombre con letras mayúsculas: "Charles Johnson. US Omaha".

–Es un recuerdo de aquel barco —explicó. El libraco me lo dio mi hermana.

–¿Y lo lees, Speedy?

–A veces —contestó, y siguió escribiendo.

Lo abrí en una página cualquiera y un trozo de cartulina cayó al suelo. Al levantarlo solté la carcajada.

–¿De qué te ríes? —preguntó alzando la cara.

–¡De esto! —yo no podía contener la risa. Aquello sí era positivamente extraordinario: ¡Dios y el Diablo juntos!

Le entregué lo que había caído de las páginas. Era una fotografía pornográfica, de un hombre y una mujer haciendo porquerías. Una de esas postales que por cinco centavos compran los marineros en los puertos.

–Speedy, ¿qué es eso? —mi risa era incontenible. Él se ruborizó un poco.

–Lo tengo para no olvidarme de cómo se hace.

Me arrebató el libro y volvió a colocar entre sus hojas la estampa.

–¡La guardas en tu Biblia!

–¿Y qué? Así tengo el Bien y el Mal en un solo tomo.

Me tendí en el camastro pero no pude dormir. Los detalles del funeral continuaban vivos en mi memoria. Los veía sucederse desde el principio, como en una película. Me alegraba tener algo que contar. Cerré los ojos pero seguían allí como si aquello no terminara aún.

"... si hemos dado fondo a dos, ¿dónde están los otros cinco...?"

La lengua me supo mal y el estómago me dio brincos. ¡Malditas palabras que hacen pensar! En realidad, ¿dónde estaban los otros cinco?

–Speedy, ¿dónde estarán los otros cinco muertos? —dije incorporándome.

Dejó de escribir y me miró:

–¡Qué sé yo! —y no me hizo más caso.

–Speedy —insistí—, me simpatiza el padre Gallagher.

–Es todo un tipo.

–¿Lo conoces bien?

–Sí, era capellán del *Omaha*. Naufragamos juntos.

–No me habías dicho que un hermano tuyo se perdió esa vez.

–Está muerto y en paz. No tiene importancia.

–¿Cómo fue aquello?

–Algún día te lo contaré. ¡Déjame solo!

Después de un rato volví a la carga.

–¿A quién escribes?

–Al viejo y a mi hermana. Hace meses que no lo hago.

–¿Desde cuándo no los ves?

Arrugó los labios:

–Desde enero.

–¿Siguen en la granja?

–Sí, y Jane irá a la escuela superior el año próximo.

Interrumpió la escritura y sus ojos se animaron. Siempre se animaban cuando hablaba de Jane. Hurgó entre sus cosas y me mostró una foto.

–¿La conoces?

Era una chica pecosa, de pelo claro, que tendría unos quince años. Podría considerársela guapa, aunque no una belleza.

–Muy bonita, cuñado.

Speedy rio, y me enseñó otra fotografía, la de una construcción baja y fuerte. Ante ella estaban un anciano, una niña, que sería Jane, y Speedy. Leí lo que había en el reverso: "Stone Road, Kentucky, mayo 1942".

–Ésa es nuestra casa. Jane era entonces una chiquilla. Ahora es una mujer. Quiero que vaya a la universidad. Es bonita e inteligente. Pienso que serviría para algo, no como sus hermanos y su padre.

A Speedy le dolía, evidentemente, no haber estudiado más que la primaria. Cierta vez que me vio un libro de poesías pareció conmoverse y los ojos se le abrillantaron. "Quisiera entender eso que lees", dijo con la voz anudada.

Me quedé dormido pensando en los cinco muertos.

7

No recuerdo si fue el Colorado o Ted Martin quien empezó el lío; pero a los pocos segundos el comedor parecía un mitin de plaza de toros. Speedy y yo gritábamos como locos y contribuíamos a hacer más infernal la batahola. Sólo Vance continuaba serio, sin perder detalle. Yo estaba feliz, golpeando con el tenedor vasos y platos. Del fondo partió un grito agudo que todos coreamos:

–¡A matar al cocinero!

Cooker, el negro, había huido cuando empezó el escándalo. Los trastos de peltre se estrellaban contra la puerta de acceso a la cocina. Parecíamos esposas ofendidas recibiendo al marido. Al máximo del tumulto apareció el oficial de guardia. Un poco atrás, con los labios cenizos, el cocinero.

–¿Qué demonios pasa? —gritó el oficial.

Todos nos hicimos sordos. Los que estaban de pie se sentaron seriamente. En el suelo quedaban restos de tazas y migas de pan utilizadas como proyectiles. El oficial recorrió a largos pasos el comedor, fulminando a los que le daban frente.

—¿Están sordos? —repitió.

Nadie dijo nada y nadie veía a nadie. Parecíamos muchachos de escuela recibiendo la reprimenda del profesor.

—Es por mi comida —dijo el cocinero, al ver que nadie hablaba. No les gustó.

—¿La comida? ¿Y qué tiene la comida? —el oficial seguía enfurruñado. ¿Es mala? ¿No les gusta? ¿O creen que están en el Waldorf?

Tanto enojo me causaba risa. Le guiñé a Speedy y también rio, mientras continuaba fabricando balines de migajón. El de guardia, desde la puerta, volvió a gritar:

—Si no les gusta la comida no la coman.

En cuanto hubo desaparecido se armó la bronca nuevamente. Los balines de Speedy abrieron el fuego y volaron ahora, no platos, sino grandes trozos de pan sobre la cabeza del negro. Quiso entrar corriendo a la cocina, pero como había atrancado la puerta desde adentro, le fue imposible huir. Estoico, recibió la terrible avalancha.

—¡Vamos a echarlo al agua! —propuso alguien de buen humor. Y entonces Cooker, con los ojos muy abiertos, prefirió esfumarse a la cubierta. Reímos hasta que nos dio hipo.

Ésa había sido, hasta entonces, nuestra peor comida. No se nos sirvió carne, como las veces anteriores. Sólo café, papas hervidas, un huevo y pan. Cuando le preguntamos al cocinero por qué racionaban la frita, se alzó de hombros:

—Pregúntenselo al capitán.

Como las veces anteriores habíamos comido como reyes, especialmente aquellos gruesos, jugosos, perfumados filetes, este día sufrimos una gran decepción.

—¿Ven que también se come mal? —había dicho el Colorado. ¡Bah!, el *Anne Louise* es igual a todos los cochinos barcos mercantes.

No dijimos nada, pero a los pocos instantes se inició el escándalo.

Terminamos aquel amargo almuerzo. Me quedé con hambre, y también el Colorado y Speedy, que eran bastante glotones. Speedy murmuró:

—¡Qué cosas! Primero dan comida para reventarnos y luego, sin aviso, la racionan.

Debo mencionar que esa mañana murieron otros cuatro de los heridos.

Eran ya nueve.

8

Como nada tenía que hacer hasta el mediodía, fui al sollado a escribir unas cartas. La más larga, para Vicente, relatándole cosas sin importancia, porque nada de importancia me había sucedido. Más que todo, si pasé una hora ante la hoja de papel, fue para retrasar, en lo posible, el aburrimiento del viaje.

Para un marinero, y yo creo que para todos, los viajes largos por mar son aburridos y monótonos; salvo, claro está, cuando suceden cosas extraordinarias. En el que yo hacía no había nada digno de mención, como no fuera saber que todos los días moría alguien. Pero siendo esto a diario, dejaba de tener interés.

Muchas veces, como en esa mañana, pensé que hubiera sido mejor alistarme en el Ejército, en la infantería naval o en la fuerza aérea, que no en la Armada. En cualquiera de esos cuerpos hubiera visto acción; pero ¡haber venido a la guerra, siguiendo la aventura, para pasármela trabajando en buques feos! ¡Si al menos sirviera en un destroyer o participara en un combate!

(Dos meses después, estando ya en el Pacífico, mi nuevo barco apoyó una operación invasora en una isla dominada por los japoneses. Ese día, mientras granizaban las ametralladoras enemigas, deseé con toda mi alma no haber dejado mi empleo en México, tan reposado y tranquilo. ¡Así son las cosas!)

Encontré a Speedy en el sitio donde acostumbrábamos sentarnos. Era cerca del mediodía y la hora de la comida estaba próxima.

–¿Dónde te metiste?

–Fui a escribir unas cartas para matar el tiempo.

Cerca y lejos, por todas partes, veíamos pasar a trechos los hielos flotantes. La luz era pura. No había nubes. La transparencia del cielo era la del Valle de México o de Yucatán en el verano. Constituía un espectáculo magnífico ver a esos icebergs, monstruosos como morsas, brillando, resplandeciendo, dorados. La temperatura seguía siendo fría.

El rechinar del casco era la canción de cuna de los hierros. Las hélices trituraban los pequeños hielos que arrastraba el barco. Las enfermeras parloteaban a lo lejos mirando al mar. Sonó el cuarto y las campanadas se congelaron en el aire. El acordeón de un maquinista lloraba un blues del Mississippi.

–Vamos a América pero ¿por dónde?

–Tal vez bajemos por Islandia, Speedy.

–No. Quedó atrás de nosotros. Más bien por el Canadá o Groenlandia.

–También.

–¿Notaste lo que yo noté?

–¿De...?

–La comida; hoy fue mala.

–Pésima.

–Y desde ayer en la tarde no había muerto nadie.

Otra vez el estómago me dio un vuelco. Sentí que empalidecía.

–¿Qué insinúas?

Speedy hizo una mueca intraducible:

–Nada, nada en particular.

En eso tocaron a rancho y nos levantamos sin hablar.

9

Como por arte de magia, la comida fue otra vez excelente. Las raciones triplicadas, y a lo largo de la mesa había seis grandes platos con filetes.

–Ahora sí, contentos, ¿verdad? —gritó el cocinero desde su puerta.

Todos contestamos con un ¡yeah...! alargado y alegre.

Vance veíase preocupado.

–¿Qué piensas que tenga, Speedy?

–¡Qué sé yo! —repuso de mala manera.

No le hablé más y seguí comiendo. La hora que pasábamos en el comedor, por la mañana, al mediodía, por la noche, era la mejor de toda la jornada. Hablábamos, reíamos y no pensábamos en los malditos heridos. El oficial de guardia se asomó brevemente y se largó al comprobar que todo marchaba en orden.

–Oye, mexicano —dijo Speedy—, ¡no se come mal aquí!

Había hablado con un poco de sorna. De seguro estaba pensando en algo que yo también sentía, que sentíamos todos, porque flotaba en el aire; pero sin advertir qué era. Vance, frente a nosotros, cortaba sin ganas su ración. Mirándonos fijamente, dejó los cubiertos sobre el plato:

–Hoy en la mañana no murió nadie; quiero decir, nadie hasta temprano.

Dejamos también de comer, sorprendidos. Vance prosiguió:

–Y en el desayuno no hubo filetes.

Como hipnotizados movimos la cabeza. La comida se me atragantó y comencé a sentirme mal. El Colorado, que se hallaba junto a Vance, cambió de color y su cara se volvió amarilla. Vance agregó:

–Pero ahora tenemos carne en abundancia.

–¿Y qué? —intervino Speedy.

–¿No te hace pensar eso que quizá esta carne...?

El Colorado se desdobló violentamente, botando la silla, y le asestó a Vance un golpazo en mitad de la cara. Vance cayó a todo lo largo.

Nadie chistó pero todos nos miramos. De pronto, Ted Martin se puso verde y, corriendo, empezó a vomitar.

DIOS TUVO LA MANO DURA

1

Creo que los peores momentos que he pasado en mi vida fueron después de la comida de aquel día maldito. Sí, día maldito para siempre, que ni yo, ni Speedy, ni Martin, ni los otros podremos olvidar.

Fue el principio de la sospecha; o, más bien, la confirmación de ella. Ted Martin no volvió al comedor. Speedy se levantó de un salto para ayudar a Vance, que seguía sentado en el suelo, a medio desmayar.

—Eres un buen salvaje —gritó Speedy al Colorado, que no sabía dónde esconderse. Vance, en el suelo, y Jack Cronin frente a él, con el puño amartillado, eran un deprimente espectáculo. Por lo menos así me pareció.

—Dispénsame, Vance —gimió el Colorado. Fue sin pensar, tú sabes; el viaje, esto...

Volvieron a sentarse. Nadie comió más. Había una tensión macabra en el ambiente. Pensábamos en lo mismo. Platos llenos de frescos trozos de carne que no tenían atractivo. Lo perdieron instantáneamente cuando Vance desnudó la terrible sospecha.

Dejamos la mesa a los del turno siguiente. Ellos encontraron la atmósfera cargada, sucia de miedo y asco.

—¿Qué pasó? —quiso investigar uno de ellos, sentándose.

—¡Ya lo sabrás!

Nuestras caras debían tener un aspecto pavoroso, pues el jefe de máquinas, un viejo de Pennsylvania, nos tronó una broma:

—¿Han visto fantasmas o qué?

Los que iban entrando festejaron la ocurrencia y se lanzaron sobre la comida. "Cuando sepan lo que hay no reirán con tan buen estómago", me dije.

2

Sentado a solas, en cubierta, me puse a cavilar. Me alegré de que ninguno de los muchachos estuviera allí. El aire era fuerte. Me sentí un poco pingüino. ¿Conque ése era el misterio?

Aplasté con la lengua una tirita de carne que se me había quedado en la muela de atrás. Sentí náuseas y comencé a escupir. Aquello no me cabía dentro de la cabeza, y eso que la tengo grande. ¡Sucederme a mí! Viéndolo bien, no había razón para que "eso" no me pasara a mí o a cualquiera otro. ¡Los ricos, sangrantes, olorosos filetes con que nos habían venido regalando durante tres días de viaje!

Era tan espantoso que no me resolvía a admitirlo, y sobre todo en un barco con la bandera de Estados Unidos. Y luego lo que hizo Jack. Seguramente que se puso así por miedo; por miedo a acabar de saber lo que ya sabía. No sé si soy claro; pero así machaqué la idea. El Colorado sospechaba ya lo que Vance estuvo a punto de decir. A Ted Martin, que comía con tanto entusiasmo, la cosa le pegó en la cara como una pedrada. Mientras pensaba en ello me alegré de que hubieran golpeado a Vance. Si llego a decirlo, se arma una, y bien grande.

–¿Por qué tan solo? —escuché una voz a mi espalda. Era el padre Gallagher. Se sentó en el suelo, junto a mí, y eso me agradó.

–Pensando cosas, padre.

Él parecía saber algo, pues después de un rato dijo:

–No estoy seguro pero creo que hubo un incidente en el comedor. ¿No es así?

–Sí —contesté, al mismo tiempo que pensaba: "Qué pronto vuelan las cotorras".

–¡Cuestión de los nervios! —indicó. Siempre pasa igual en estos viajes tan largos.

–No es propiamente por lo largo del viaje, padre.

Gallagher fingió sorprenderse:

–¿No? Entonces, ¿por qué?

–Por tonterías, padre; nada más por tonterías.

–No debemos dejarnos arrebatar por nuestros impulsos —sentenció con su hablar dulzón. Eso es malo y no conduce a nada. Hay que tomar las cosas con calma. ¿No crees? Es lo mejor.

–Sí, padre.

–En ocasiones como ésta, cuando tenemos una dura tarea a nuestro cuidado, debemos ser mejores, sobreponiéndonos a nosotros mismos. El esfuerzo que desarrollamos debemos aplicarlo juntos, amigablemente, para bien de todos.

El padre Gallagher, a pesar del respeto que sentía por él, comenzaba a fastidiarme con su sermón. Mi situación era tal que no podía contestar más que sí o no. Por fortuna, no habló en largo rato. Teníamos marejada. Grandes agujeros de bordes redondos se abrían en el mar, y el *Anne Louise* caía en ellos suavemente, al tiempo que una nueva ola, mansa y larga, lo levantaba por detrás. El vaivén era agradable, parecido, pero menos brusco que el del pulpo en nuestras ferias. A lo lejos, pequeños festones de espuma obligaban al Atlántico a parecer una tapete arrugado.

–¿No ha habido... novedad, padre? —pregunté, refiriéndome a los heridos.

–¿En qué sentido?

–Digo, ¿no ha habido más muertos? Usted sabe, las cosas se filtran...

–Este mediodía fallecieron cuatro. Fue espantoso verlos agonizar.

El semblante del padre tenía un poco de tristeza. Supuse que, en realidad, estaba acongojado.

–¿Y para qué los llevamos a América? —tartamudeé, especialmente en las palabras "llevamos" y "América".

–No lo sé —dijo suavemente.

–¿Cree, padre, que hubiera sido mejor...?

–Tal vez, todo es posible —se evadió.

Volvimos al silencio. ¿Por qué todo aquel misterio? ¿Por qué no nos decían siquiera una mentira? Así las cosas marcharían mejor. Ahora que estaba junto al padre no podía dejar de recordar las palabras que había oído mil veces en la iglesia "...y comerán mi cuerpo y beberán mi sangre..."

En fin, que ya estaba anudando lo que no quería pensar. Temí que aceptarlo fuera más duro o que me produjera un choque nervioso. "Canibalismo", deletreé mentalmente. "Soy un caníbal", insistí. "Un homófago." Debo haber sonreído, porque el padre me palmeó la rodilla, apoyándose en ella para levantarse.

–¿Ve usted cómo es mejor tomar amablemente las cosas? Dijo el Señor, querido amigo: "Tomad la comida, sin que os importe de dónde viene. Comed, si tenéis hambre; bebed, si sufrís sed".

Me levanté también.

–No crea esas tonterías que cuentan por allí —recalcó, al irse bamboleando por el corredor.

3

Al entrar al sollado encendí un cigarro.

—Tenía unos pechos preciosos... —dijo Bobby Wilson, cuando me senté al lado de los otros, en la punta de su cama.

Más allá había un grupo inclinado sobre algo. No podía ver sobre qué pero parecían muy animados.

—Lo mejor en las chicas, cuando los tienen buenos, son los pechos. Y ésta, ¡Dios mío! No había visto otra igual. Así, me puse a seguirla. Panamá no me gustaba por el calor. Eran las tres de la tarde y se podía freír un huevo en el suelo. La chica se dio cuenta y apretó el paso. La alcancé.

—Señorita —le dije en español—, ¿me permite que la acompañe?

—No—contestó ella.

¿Creen que me desanimé? ¡Nada de eso! Conozco demasiado a las mujeres, especialmente a las de los puertos como Panamá. Nos dicen gringos, pero nos quieren por nuestros dólares.

—No debe ir tan sola, habiendo tantos marineros majaderos por aquí. Majaderos y borrachos.

—Usted es uno de ellos —me gritó.

—Poco a poco, nena —repuse, y la tomé del brazo. Ella se resistió.

—¡Suélteme o llamo a un policía!

Allí, por fortuna, no estábamos en Estados Unidos, y un policía no podía asustarme.

—Take it easy, sister! —le dije. No te acalores. ¡Vamos a tomarnos un refresco!

La treta me dio resultado y ella aceptó. En dos horas recorrimos veinte veces los bares de la Calle Central. Me sentía un poco ebrio. Le compré unas chucherías baratas, y francamente me descaré:

—Estamos cansados, nena. Conozco un sitio donde podemos estar los dos solitos.

Ella se rio. Le gustaba mi persona.

—Vamos, pero tengo que volver temprano a mi casa.

Me dio su nombre: Carmen no sé qué tantos. Cuando estuvimos en el cuarto hizo lo natural: comenzó a quitarse la ropa. Tenía yo prisa porque se desnudara de una vez. No me interesaba mirarle las piernas ni las caderas. ¡Quería los pechos! ¡Y qué pechos, santo Dios!

Me dio mucha risa cuando dijo:

–No sé qué pensarás de mí por esto.

Me dio risa porque todas las muchachas latinas dicen lo mismo cuando se acuesta uno con ellas. Claro que las nuestras, al acabar todo es cuando comienzan a preocuparse por saber cómo te llamas.

Quedó desnuda; bueno casi desnuda, porque aún tenía el brassiere.

–¡Quítatelo! —ordené.

–No.

Comencé a impacientarme.

–¡Quítatelo o te lo arranco!

Por fin accedió.

Bobby Wilson aprovechó la pausa para encender un cigarro.

–¿Y qué pasó? —preguntamos varios a coro.

–El cielo se me vino encima —repuso Bobby. Se quitó, como digo, el brassiere. ¡Qué horror! Sus pechos maravillosos se fondearon con dos cadenas.

Todos reímos hasta que los ojos se nos llenaron de lágrimas. Reconocí que la imagen era exacta: ¡con dos cadenas, como cuando un barco suelta anclas y caen una por cada lado hasta el fondo!

–¡Con dos cadenas! Le llegaban hasta el ombligo. Rápidamente me vestí. Cuando iba a salir corriendo como gato escaldado, ella gritó:

–¿A dónde vas?

–¡Se acaba de morir mi tía! —contesté para escaparme.

–No, big boy, no te me vas así —gritó la mujer. Me debes cinco dólares...

Volvimos a reírnos.

–¡Y yo que anduve tras ella como un idiota toda la tarde, gastando mi dinero! Ahora, cuando veo una muchacha que me gusta y ella quiere ir conmigo, lo primero que hago es preguntarle si usa sostén. ¿Saben? Es mejor no hacerse ilusiones.

En el otro grupo estaba el padre Gallagher. Jugaban al poker y había ligado un estupendo full de reinas y ases y se apuntaba ganador. Dieron cambio de cartas y Speedy abrió el juego.

Ted dejó los naipes.

–No voy —rehusó.

–Sus dos y tres más —reviró Gallagher, mirando distraído en torno suyo.

–Pago —remachó Speedy.

El padre mostró su juego mientras recogía los centavos de la apuesta. Speedy tenía sólo dos pares.

Se acercaron otros y les dejaron el campo. Desde mi cama los miré conversar. Gallagher repitió casi palabra por palabra lo que me había dicho. Speedy lo escuchaba en silencio y respondía ocasionalmente en voz baja. Siguieron haciendo su misterio un rato, hasta que el padre se levantó. Lo oí decir:

–El Atlántico también puede ser Tiberíades.

No pude jamás entender qué significado quiso darle a sus palabras.

4

Tres sitios más allá, Vance fumaba acostado con los ojos cerrados. Sobre la cabecera, fijos en la pared con papel de goma, había dos retratos. Ambos de mujer. Varias veces había visto a Vance mirarlos durante horas, como si dialogara con ellos. En todos los sollados se ven estas cosas. Las paredes sirven de burós y de altares. En este mismo hay fotos de esposas, novias o hermanas; de artistas vestidas o desnudas; de santos.

–Quien necesita que le hable el padre es Vance.

Speedy movió la cabeza desde su cama:

–Sí. Está muy deprimido.

–No me atrevo a preguntarle la causa.

–Lo sospecho. Seguramente por la mujer aquella.

–¿Beatrix?

–Ajá, y por la esposa. ¡Todo un lío!

...Había conocido a Beatrix en The Black Tiger, donde ella servía como mesera. Recién llegado a Inglaterra, después del torpedeamiento, Vance la vio y debieron enamorarse o algo por el estilo, porque no pasó mucho tiempo para que vivieran juntos.

Beatrix era una muchacha delgada y de pelo oscuro. Nunca supe su apellido. Vance, Speedy y yo pasábamos casi todas las tardes en The Black Tiger, y a medianoche, cuando ella terminaba, nos íbamos los cuatro a otro sitio, generalmente a Old King's Place, a tomar una cerveza.

Aunque sólo una estrecha calle adoquinada separaba el café de la cervecería, a Beatrix le encantaba hacer el recorrido.

–Esto es magnífico —decía. Allá enfrente recibo órdenes; aquí, las doy.

Lo único que no me gustaba de Beatrix era que se quitaba los zapatos por debajo de la mesa. Una noche esto por poco ocasiona una tragedia. Estábamos bebiendo nuestros tarros de cerveza de jengibre —¡cómo añoraba, oh Dios, la buena, fuerte y saludable cerveza mexicana!— cuando sonaron las sirenas de alarma.

–¡Es un raid! —gritó alguien, y las luces de la taberna se apagaron. Chillaban las mujeres y todo el mundo corría tropezando con sillas, mesas y gentes. Las maldiciones resonaban como piedras en tejado.

–¡Al refugio todo el mundo!

Mucho más lejos, por el lado del aeródromo, se escuchaban las explosiones de las bombas. El suelo, aun allí dentro del Old King's Place, sacudíase por los estallidos. Los cuatro nos levantamos y Vance casi arrastró a Beatrix:

–¡Espera! —farfulló ella.

–¿Qué diantres te pasa?

–¡Que esperes, te digo! He dejado los zapatos.

Las explosiones eran sensiblemente más cercanas. Las bombas debían estar cayendo en el cruce de caminos, hacia el oeste, y lo más fácil era que cayeran también en el puerto. La cervecería y el sitio donde adivinábamos la calle estaban a oscuras.

–¡Al infierno con tus zapatos! —aporreó Vance sin soltarla. ¡Vámonos!

–No —terqueó Beatrix. Si los pierdo, no tendré otros que ponerme.

Speedy se hizo cargo de ella mientras Vance trataba de localizar, en aquel maremágnum, la mesa que ocupábamos cuando sonó la alarma. De pronto escuchamos un ruido espantoso, como si una rompemanzanas hubiera explotado encima, entre una tremenda interjección. Por el lado de la puerta preguntó una voz:

–¿Qué esperan para ir al refugio?

Era, indudablemente, la del guardián antiaéreo de la cuadra.

–Estamos buscando unos zapatos.

–Déjenlos y apúrense.

Por fin sentimos el bulto de Vance. Salimos a la carrera. Al entrar al refugio advertimos que Vance tenía la frente y las manos heridas. Beatrix pegó un chillido:

–¿Qué te pasó? Tienes sangre en la cabeza.

Vance le dio los zapatos y se limpió la frente con la manga:

–Tú y tus puercos zapatos —bramó. Por buscarlos, por poco me rompo esta calabaza.

Después nos reímos mucho de aquel incidente que le costó a Vance una descalabradura y el tener que llevar con vendas las manos. ¡Ah! Beatrix no volvió a sacarse los zapatos por completo.

Unos días antes de nuestra partida, Vance tenía el semblante descompuesto. Speedy supo que Beatrix iba a tener un hijo.

–¿No puedes evitarlo?

–No.

Vance estaba desalentado.

–Es fácil—comentó Speedy, quitándole importancia al asunto. Sobra quien lo haga.

–Lo intentamos y falló. Ahora es ella la que no quiere.

–¿Y qué piensas hacer?

–Realmente, no sé.

–No vuelvas a verla, y listo. Dale esquinazo.

–Me encontraría. No sabes lo terca que es.

Embarcamos antes de lo que habíamos supuesto, y Beatrix se quedó con un hijo en la barriga. La noche que se despidieron debe haber sido terrible para ambos. Vance volvía a América; y decir América era para él decir una esposa y otro hijo de dos años. Por lo menos Vance no ocultó nada. La partida significaba para Beatrix la soledad y el hijo sin padre. ¡Todo un melodrama asqueroso!

Vance, ahora, acaba de apagar su cigarro con los dedos...

5

Hice mi guardia de mal humor. Davies apareció un rato en la derrota. Collinson seguía pegado a la carta de navegación. A las ocho y diez me fui a cenar.

–Nada más café —gruñí cuando iban a servirme carne.

–¿Café nada más? ¿No toma guisado? —preguntó el mesero, lleno de sorpresa.

Se fue moviendo la cabeza, como si algo extraño sucediera. Speedy llegó poco después y se sentó sin hablar.

–¿Qué hay? —prorrumpí.

Evidentemente no quería hablar. Todos estaban igual. El silencio era molesto. Esa noche amainó bastante el viento y el *Anne Louise* no se sacudía tanto. Eché una ojeada a lo largo de la mesa. Los platos de carne, casi intactos. Sólo dos o tres comían el guisado sin levantar los ojos del mantel.

Lo que yo sentía, un odio sordo, una repugnancia irreprimible por esa carne que hasta el mediodía era nuestro plato favorito. Mal humor. La hora de la comida había perdido su encanto, sus risas y sus ruidos. Cada quien estaba ahora dentro de sí mismo, limitado por la frontera de su piel. Éramos como gatos en ratonera con montones de pellejos enfrente y envenenados.

Bebí mi café. Los muchachos comenzaron a salir y quedamos solos Speedy y yo. Vance estaba abajo, en las máquinas, de guardia.

—¿Qué te parece, Speedy?

Se encogió de hombros, mientras con las dos manos inclinaba hasta sus labios la taza de café:

—¡Este maldito Davies! —fue su comentario.

Recordaba ahora, precisas y heladas, las palabras que pronunció Speedy cuando habló sobre Davies. "Espera siempre lo peor... Nunca sabrás qué puede suceder... Si sabes rezar, reza..." Speedy tenía razón, y ahora, al venir a mi memoria todo aquello, no podía dejar de reconocerlo.

—Speedy —exclamé, para no seguir recordando—, ¿cómo fue aquello que les pasó con Davies?

—¿El hundimiento?

Lo miré ansiosamente. En ese momento, todo lo que se relacionara con Davies me afectaba. Yo iba con él; recibía parte de su mala suerte. Porque ¡vaya que era mala suerte ir en un barco donde sucedían cosas de salvajes, como en el *Anne Louise*!

—Si todo sucede por la mano de Dios —dijo al apartar la taza—, de seguro que Dios tuvo la mano dura con nosotros.

Me relató después, cuando salimos del comedor y nos sentamos en cubierta, los detalles del torpedeamiento del *Omaha*.

—La última tarde, y hasta dos horas antes de la partida, la pasé en el lindo apartamento de una amiga que tengo en Nueva Orleáns. Es una chica generosa, ¡y con un cuerpo! —manos trazaron una invisible, sinuosa silueta. Una muchacha que quita el sueño, mexicano. Yo no conocía a Davies, pero había oído mucho sobre él. Algo relativo a su suerte negra. "¡Qué me importa!", dije, y cerré las orejas.

Me daba gusto volver al servicio. Nueva Orleáns, con su viejo calor, estaba aburriéndome. Claro que tenía a la muchacha, pero eso no es todo, tú sabes. Cuando subí al *Omaha* me di de boca con Willie, mi hermano. Al verme, abrió unos ojotes como claraboyas.

—Speedy Johnson, ¿qué andas haciendo aquí? —gritó sacudiéndome. Era un gigantón de pelo rojo. Su risa hacía temblar las paredes.

–Lo mismo que tú: ¡en la guerra!

Willie y yo no nos veíamos desde la última navidad, que pasamos en casa. Él ingresó en la Armada desde antes de Pearl Harbor. Cuando venía al hogar con licencia, en su uniforme azul y con la gorra caída sobre un ojo, me llenaba de orgullo ser su hermano. La guerra y otras cosas nos separaron, y cuando pude escribirle informándole que yo también estaba en la Marina, me envió una postal de Nueva York en la que me felicitaba y hacía votos porque nos encontráramos alguna vez.

Ése fue el día de nuestro encuentro, y lo mejor de todo era que estábamos en el mismo barco.

Antes de llegar al *Omaha* había yo servido en los guardacostas. La orden de traslado me cayó de perlas. A las ocho salimos de Nueva Orleáns escoltando dos barcos con tropas. Toda la noche estuvieron agregándose más transportes y buques de guerra. Había de todo y daba gusto contemplarlos bien cargados de muchachos que iban al África a pelear. Creo que nadie escapaba al entusiasmo de lo desconocido.

Durante cinco días nada pasó. El viaje era como todos y sólo por las noches nos entraban unos pocos de nervios. La tarde del quinto día, uno de los transportes comenzó a perder velocidad. Avisaron con las señales de luz que tenía averiada una turbina. El convoy no podía detenerse y esperar a que el daño fuera reparado; así, pues, el comandante ordenó que el *Omaha* se quedara protegiendo al transporte.

Oscureció rápidamente. Bajo la noche cerrada, aislado del convoy, quedó el *Omaha*. El transporte averiado no desarrollaba más de tres o cuatro millas por hora. Así continuamos navegando hasta las dos de la mañana. Ya muy tarde se levantó una luna roja y enorme.

Willie estaba conmigo y dijo al verla:

–La noche es perfecta para que nos hundan.

–¿Puedes callarte? —regañé.

–¿A qué horas arreglarán esa apestosa turbina? —Willie también tenía sus nervios.

Como lo temíamos, el transporte se quedó inmóvil. El tiempo era estupendo. Había una tibieza agradable y reconfortante. El *Omaha* comenzó a describir amplios círculos alrededor del otro buque. Así cumplía su misión protectora. Los ojos de todos estaban puestos en el mar. Temíamos que apareciera la estela blanca que le pisa los talones al torpedo. El silencio pesaba miles de toneladas. De cuando en cuando venía una ráfaga llena de murmullos militares del transporte. Davies estaba en el puente.

—Oye —pregunté a Willie—, ¿qué es lo que cuentan de Davies? ¿Algo sobre su mal destino?

—Tonterías, Speedy.

—Pero dicen que siempre pasa lo peor cuando se viaja con él.

—Tengo ocho meses aquí y nada ha sucedido. Es pura leyenda de viejas.

Serían las tres y veinte cuando estalló el torpedo. Íbamos cruzando precisamente frente al otro buque, y se alzó una llamarada enorme seguida de una explosión. No sé, en verdad, si la explosión fue antes de la llama o viceversa. El torpedo nos alcanzó ni más ni menos que a la mitad. A esa primera explosión siguieron otras, dentro del *Omaha* —creo que por el lado de máquinas— y comenzamos a hundirnos.

Me encontré en el suelo, con la cabeza abierta. Al ocurrir el torpedeamiento me había golpeado contra una de las paredes de hierro y caí. La confusión fue algo de pesadilla. Escuché gritos de:

—¡A los botes, a los botes!

No había pasado un minuto cuando oímos una nueva explosión. Miramos hacia el transporte, de donde venía una gritería terrible. A la luz de los incendios, lo vimos inclinarse rápidamente sobre una banda.

Después, cuando había acabado todo, estaba yo en una de las lanchas. No supe cómo llegué allí. Sobre el mar, como si fueran pedazos de corcho, se veían flotando cientos de cabezas. El aceite de las calderas se incendió y veintenas de nuestros entusiastas soldados se achicharraron.

Pero eso no acabó allí. Muy cerca de nosotros emergió el submarino. Se fue aproximando más, todavía más, y cuando nos tuvo a tiro empezaron a toser sus ametralladoras.

Aquello fue como una cacería. Cuarenta y siete de los nuestros, entre ellos Willie, quedaron allí.

A la mañana siguiente nos recogieron. Éramos unos cuantos, y Davies, que no sacó ni un rasguño.

—Fue algo horrible —comenté a Speedy.

—Sí, demasiado horrible. Volví a América. Lo peor estuvo cuando le conté al viejo cómo había muerto Willie. Claro que no le dije que lo habían asesinado sin que pudiera defenderse. ¡Así fue mejor!

—Lo mejor —repetí.

–Después, las cosas siguieron como antes. Y aquí me tienes nuevamente con Davies, a pesar de mis gestiones para no venir.

No hablamos por un rato. Speedy al cabo terminó:

–Davies fue hundido otra vez. Vance ya te contaría eso. Muchos de los que se salvaron entonces vienen aquí, y algunos, como yo, de la primera.

–Bueno —argüí—, pero lo del *Omaha* no fue mala suerte de nadie.

–¿Que no? ¿No es mala suerte recibir un torpedo que no iba dirigido a uno? ¿No es mala suerte que el *Omaha* se haya ido al fondo sin pelear?

Acepté la evidencia.

–¡Ya le tocaba! —subrayé, fatalista.

–Sí, señor. Y Dios tuvo la mano dura con nosotros.

En silencio nos quedamos mirando al mar, negro y frío. Al mar, tan poblado de misterios.

UN TRAGO NUNCA CAE MAL

1

A las siete empezaron los servicios dominicales. La figura del padre Gallagher se recortaba dentro de las negras vestiduras talares, contra un cielo transparente. A popa habían puesto una toldilla y bajo ella, silenciosos, asistimos a los oficios.

Menos los que tenían algo qué hacer —en máquinas, en la cocina, en la derrota, o abajo, en la sección transformada en hospital—, el resto de los habitantes del *Anne Louise* se encontraba presente. Davies y los oficiales, a un lado; junto a ellos, algunos de los médicos y la mayoría de las enfermeras; del otro, formando un grupo azul, nosotros, los marineros.

Speedy estaba cumpliendo su turno en el puente. Gallagher terminó la ceremonia y luego nos dispersamos. El comedor se llenó rápidamente. De la cocina se evadía el olor de los huevos con tocino, del café, del pan que empezaba a tostarse.

Ted Martin y yo tropezamos con el jefe de máquinas. Tomándonos por el brazo, nos apartó a un lado:

—¿Qué hay de eso que andan contando? —preguntó.

Indudablemente había oído algo, no muy claro todavía, sobre lo que sospechábamos. Era un viejo sólido y macizo, de manos cuadradas y llenas de pelos. No pertenecía a la Armada, sino a la marina mercante, como casi todos sus hombres. A bordo del *Anne Louise* había personal de ambas, trabajando en común. Esto originaba la formación de dos bandos: el de los militares y el de los civiles. Davies, los oficiales y los marineros de cubierta, pertenecíamos al primero; el jefe de máquinas y el resto, excepto Vance, al segundo. Eran casi todos ellos antiguos tripulantes de este barco y, a decir verdad, no veían con buenos ojos que nosotros nos encargáramos de manejarlo y, menos aún, que lo llamáramos "cafetera", "cacharro" y cosas por el estilo.

–¿A qué se refiere? —dijo Ted fingiendo ignorancia.

–A algo sobre la comida —se puso misterioso. ¡A los muertos!

–¡Ah! —dijo Ted, y movió la cabeza. No sé, no sé exactamente. Entramos al comedor.

–A mí también me huele a extraño lo que está pasando —continuó el maquinista, al tiempo que se sentaba entre Ted y yo.

–Ya no sabemos ni qué pensar.

–Es mejor que no lo piensen —recomendó—, les evitará muchos dolores de cabeza. En cuanto a los muertos, me pregunto por qué no los echaron al mar.

Se acercó uno de los meseros. Nuestro huésped ordenó en voz alta:

–Tráeme un buen solomillo, a medio asar, con bastantes papas. ¡Así de grueso! —con los dedos índice y pulgar sugirió el espesor.

–¿Va a comer carne?

Mi cara debe haber sido terrible, porque él soltó una risotada:

–¡Claro! ¿Por qué no?

–Por eso... que dicen, de los muertos.

–¡Bah! —y volvió a reír.

Sólo unos cuantos pidieron carne. El resto se conformó con huevos, papas y café.

–¿Qué les pasa? —tronó jovialmente el jefe de máquinas. ¿No les gusta esta deliciosa nalga frita?

Rio de nuevo. Se notaba que su gozo era indescriptible. Todos teníamos la cara lívida, larga, y dentro del estómago el feo sabor del asco.

–Estos de la mercante comen estiércol si se lo dan —susurró Ted, agachándose a levantar la servilleta.

Si he de ser sincero, la carne tenía un olor estupendo. A pesar de mi asco, sentí la agradable salivación que producen la vista y la fragancia de un buen plato. Me hubiera gustado clavarle el diente.

–¿Ven nada mejor? —alardeó el jefe, llenándose la boca. El entusiasmo con que comía era contagioso. Todos nos mirábamos como diciendo: "Qué bruto", o "¡Qué diablos, vamos a comer nosotros también!".

Me dieron ganas de pegarle para que se callara pero continué bebiendo mi café, que nunca me pareció más insípido y detestable.

–¡Y si es carne de cristiano, tanto mejor!

Desde la primera sospecha, no dejé de pensar que debía haber un medio para saber qué era lo que estaba sucediendo. Claro que lo más fácil era preguntarle al capitán o al segundo: pero también lo fácil sería que nos despacharan con viento fresco. De pronto se me ocurrió una idea formidable.

–Ted —le dije cuando salimos nuevamente a cubierta—, vamos pronto a saber lo que pasa.

–¿Cómo? —gruñó.

–Con el despensero. Él podría informarnos.

Ted se sobó la barba:

–¡Probaremos!

El despensero era uno de los muchachos de la Armada. "Éste puede servirnos", calculé al avanzar por la cubierta hacia la cocina. "Él puede decirnos lo que haya." Cooker sonrió con sus fuertes dientes cuando entramos. El calor, allí dentro, era suave y grato. En las grandes sartenes crepitaban trozos de carne rosada y sangrienta. Los miré codiciosamente.

–¿Qué quieren? —preguntó, vaciando una paletada de manteca a la sartén.

–Nada, nada en particular.

Se acercó, limpiándose las manos con el delantal. Su gorra, blanca y alta como un rascacielos, le daba un aspecto muy cómico.

–Mira, Cooker, andamos averiguando algo —comenzó Ted. Algo que nos interesa a todos.

–¿Qué es?

Ted señaló las sartenes:

–Esa carne, ¿de dónde viene?

–De allá abajo.

Allá abajo era el hospital. Toda la parte del barco que en tiempos normales se reservaba para carga, había sido transformada en clínica. Los sollados quedaban inmediatamente arriba. A veces, cuando todo estaba silencioso, podíamos escuchar los gritos de los heridos.

El muchacho de la despensa entró en ese momento. Ted se lo llevó. Los vi agacharse y hablar, pero no pude entender ni jota. El despensero movió la cabeza negando. Ted insistía. El otro agitó los hombros, dio media vuelta y volvió a irse.

–¿Qué te dijo?

–Nada, mexicano. Que nada sabe y que la carne viene de abajo.

Los filetes habían dejado de oler a suculencia. Puedo jurar que cuando volvimos a cubierta no tenía más hambre.

2

Si alguien me preguntara: ¿Cómo era el *Anne Louise?*, no sabría qué responder. Ese barco sigue siendo tan desconocido para mí, como lo es para cualquiera de ustedes que nunca pasaron, como yo, once días y diez noches en él. Durante la travesía no me fue posible recorrerlo. Mi recuerdo se limita a la cubierta, al comedor, a los retretes, al sollado. Bien poco, en verdad.

Digo esto, porque hasta esa mañana del domingo no me fue permitido pasar a la parte de la proa. Ted, el Colorado, otros muchachos y yo, fuimos a pintar una pared del castillo. Con nuestros botes de pintura gris y nuestras brochas estuvimos trabajando toda la mañana. Hacíamos un ruido infernal al remover la vieja pintura y substituirla con las espesas capas rojas del anticorrosivo. Después de acabar en un sitio, atacábamos otro con el mismo estruendoso empeño.

–¿Para qué hacen eso? —indagó una voz femenina cerca de mí.

Correspondía a una mujer como de treinta años, que llevaba una chaqueta de la Cruz Roja. Era alta y el aire batía su pelo rojo. Seguramente me había estado observando. Se acercó un poco y miró el contenido de los botes.

–Es necesario remover constantemente la pintura —expliqué con gran cortesía. El aire y la sal del mar la dañan y si no se repone, el acero se pica y se oxida.

Movió la cabeza de un modo muy especial.

–¡Ajá! ¿Y para ello es preciso hacer tanto ruido?

No supe qué contestarle. Ella sonrió:

–¿Verdad que no? —dijo suavemente.

"Mujeres entrometidas", pensé de mal humor y seguí picando la pared. Parecía yo un pájaro carpintero vestido de marino. Escuché rumor de voces y me asomé por la ventanilla del salón de oficiales. El capitán reía como si alguien hubiese contado un chiste muy gracioso, y lo imitaban el padre Gallagher, Marsans, varios médicos y dos o tres oficiales.

A través del salón vi avanzar a un individuo que llevaba un uniforme gris y la consabida cruz roja en el brazo. Se inclinó sobre el médico principal y le dijo algo al oído. Marsans se levantó y habló unas palabras antes de irse. El padre Gallagher salió pisándole los talones. Davies se puso serio, como un condenado a muerte.

–¡Esto! ¡Cuándo podré terminar con esta pesadilla!

Habló en voz alta, con un tono de profundo abatimiento.

3

Por ser domingo nos dieron antes de la comida un buen vaso de aguardiente.

–Propongo —gritó Speedy, e hizo una pausa mientras se apagaba el rumor de voces en el comedor—, propongo que brindemos por... nuestros difuntos; por nuestros sabrosos amigos, los muertos...

Su humor tenía algo de salvaje mientras levantaba el vaso. Me sorprendió la actitud de Speedy, que era tan equilibrado y seco. No se dijo una palabra.

–Decididamente, nadie quiere brindar conmigo.

Brincó de la silla y volvió a sentarse. De un trago se vació el whisky en el cogote.

Comíamos sin mirarnos. Casi sin hacer ruido. Luego trajeron la carne. Entonces ocurrió una extraña reacción entre todos: los platos se llenaron y comimos la carne. Yo la comí porque tenía hambre, y los demás deben haberlo hecho por la misma razón.

"Esto es un mal síntoma —me dije. Ya no le tenemos asco como en la mañana. Así pasa: lo he leído. ¿Fue en aquella expedición al Polo, o dónde diablos, que al quedarse sin alimentos, los perdidos devoraron a un camarada que había muerto dos días antes?" Me estremecí, pero no retiré mi plato sino hasta que sobre él no quedó más que la sombra de la grasa.

Luego pensé en la guerra y en cómo vuelve naturales las cosas más antinaturales. Creía poder ufanarme —y de hecho lo hacía ya secretamente— de haber comido carne humana. Alguien preguntaría por qué, y yo diría, como no concediéndole importancia al hecho: "Por causa de la guerra. No había otra cosa que rica carne humana". Y contaría una historia espantosa y, por fidedigna, increíble.

Alguien preguntó:

–¿Y dónde están esos muertos?

Aunque la pregunta no era para él, Speedy gritó para que todos oyéramos:

–¡En el mar!

Dejamos de masticar. Él nos miró con una vaga sonrisa en los labios:

–Sí, en el mar; ya los echamos por el retrete.

Volvió a reír como una verdadera bestia.

4

¿Ven como tengo razón? Hace un momento he dicho que ya no teníamos asco. No, señor. Sólo hambre. Aun contra nuestra voluntad, aceptamos las cosas como vinieron. Dejó de espantarnos la sospecha, casi certidumbre, de que nuestro principal alimento lo constituía la carne de los que expiraban todos los días, como moscas, allá abajo. El mismo Speedy volvió a soltar los perros de su apetito. ¡A comer como condenados! Eso mismo sucede con todos. Estamos conformes. Si es carne humana, ¡qué más da! El hambre es lo primero. Sí, señor. Ahora ya sabíamos que los muertos sí fueron echados al mar. Aún me río. Yo también contribuí a la faena. ¡Al mar, por el retrete!

¿No es como para dar risa, una risa enorme?

5

Nunca creí que dentro del corpachón de Speedy cupiera tanta amargura. Nunca, porque jamás había hablado como esa tarde. Puedo decir que ahí lo conocí, aunque fuéramos amigos de antes.

–Mexicano —dijo—, ¿crees que vale la pena esto: la guerra, los sacrificios, la muerte de tantos?

No lo sabía, ni él esperaba que lo supiera.

–Mírame a mí: ¿por qué estoy aquí? Por simple deseo de aventura, y también para no ser menos.

–¿Cómo está eso, Speedy?

Se recargó sobre el codo al encender un cigarro.

–Sí, para no ser menos. ¿Sabes? Cuando Willie entró en la Marina sentí envidia, mexicano. Cuando él iba a la granja, me daba gusto y, al mismo tiempo, ganas de pegarle. La gente, lo leía en sus caras, pensaba: "Willie está trabajando por su patria", o "Es un buen muchacho que sirve a su país". Y yo, ¿yo qué era? Mi trabajo en la granja era tan bueno como el de Willie. Nosotros producíamos para la guerra. Pero mi trabajo no lucía, ni las muchachas me miraban con los ojos en blanco como a él. Tú conoces a las muchachas de los pueblos, que adoran los uniformes.

Me daba gusto, sí, que Willie peleara. Sin embargo, la semana que vivía con nosotros era tremenda para mí. En los bailes Willie era la atracción; todas querían bailar con él. Willie, Willie siempre.

Lo escuché fumar. El sollado estaba casi a oscuras. El círculo de cielo que se colaba por la ventanilla parecía una vieja, usada, sucia moneda de cobre. Lo había estado mirando durante casi todo el atardecer. Del brillante azul pasó al gris nubarroso y luego al azul violento y casi negro. Un chorro de aire entraba cargado de humedad.

–Llegué, mexicano, a odiar a Willie. Una noche sucedió algo que no he olvidado. Fue la navidad de 1941. La guerra caía como un aguacero. Willie tenía una licencia de dos días. Fue la última que pasó en casa. Los vecinos habían organizado un baile y fuimos los tres. Él, mi muchacha y yo. Willie no tenía necesidad de fijarse en mi muchacha, porque le sobraban y porque sólo iba a estarse cuarenta y ocho horas.

A medianoche cantamos villancicos y bailamos en torno al árbol, lleno de luces y de papeles de plata. Yo había notado, o había creído notar, ciertas cosas. Por ejemplo, cuando íbamos en el coche, yo manejando, hacia la casa de los vecinos —de la nuestra a ella hay un buen par de millas largas—, advertí un raro movimiento en las manos de Betty, mi novia y en las de Willie. Algo así como si fueran enlazadas bajo la manta que llevaban en las piernas. No le di importancia y no quise hacerme mala sangre.

Durante el baile pensé que todo no era más que una simple suposición mía. Dancé toda la noche y Betty ni siquiera habló de Willie, como no fuera para admirar su suerte con las otra chicas. Te juro, mexicano, que llegó a olvidárseme lo que vi, o creí ver en el coche.

Betty dijo, después de una pieza:

–¡Espérame, ahora vuelvo!

"En lo que volvía, me puse a conversar con algunas personas. Como era de rigor, se hablaba de la guerra y de los muchachos que, como Willie, estaban luchando. Cada una de las palabras de aquellas gentes me producía el efecto de un alfiler, pinchándome. Cuando me miraban parecía ver en sus ojos una acusación: "¿Por qué no estás tú también en la guerra?".

Pasó un cuarto de hora y Betty no volvía. Busqué a Willie con la vista. Recorrí los grupos y no lo hallé. Sin desearlo, lo juro, sin desearlo, presentí algo. Precipitadamente me aparté de las gentes con quienes hablaba y me propuse encontrarlos.

–La vi salir hace un momento —me dijo una de sus amigas, y me señaló la puerta de atrás de la casa.

Fui hacia ella y la abrí sin ruido. Afuera todo era oscuro y frío. No vi nada. Iba a regresar cuando escuché un rumor. Miré con toda mi alma a la oscuridad y adiviné un bulto anormalmente grueso, recargado contra la pared. Luego, algo así como un suspiro. El bulto se partió en dos.

–¿Por qué lo has hecho, Willie? —susurro la voz de Betty.

–¡Lo he deseado tanto, pero tanto! —ahora era Willie quien hablaba.

–¿Y él? —murmuró Betty.

Él era yo, mexicano.

–Él se queda aquí. Yo, en cambio, me voy —replicó Willie.

Hecho un imbécil regresé a la sala y me senté, como un niño que ha calificado cero, en un rincón. Las palabras de Willie estaban a punto de hacerme llorar. "Él se queda aquí. Yo, en cambio, me voy". Sentí un odio feroz contra él y contra Betty, mi novia desde que éramos niños. Y todo porque Willie vestía uniforme y estaba peleando. No me explico todavía cómo no hice una escena.

–Pero ¿qué te pasa?

Era Betty, que me miraba sonriente. Se había retocado cuidadosamente la pintura de los labios.

–Nada —dije.

Cuando comenzamos a bailar, pregunté distraído:

–¿A dónde fuiste?

Se ruborizó un poco y respingó la nariz como lo hacía siempre al reír.

–Charles —mintió—, ¿no puede una mujer ausentarse cinco minutos sin que su novio haga preguntas?

No hice ninguna más el resto de la noche. A eso de las dos, Willie y yo dejamos a Betty en su casa y volvimos luego a la granja. En el camino, desde que ella se despidió, no hablamos, Willie rehuía mirarme a la cara.

Si he de ser sincero, nunca, hasta esa noche, creí venir a la guerra. ¿Para qué? ¡Que pelearan otros! Yo, a mi modo, también estaba combatiendo, peleando con la tierra, con las mulas, con el tractor cuando se descomponía. ¡Que peleara Willie, ya que tal era su gusto! Lo que pasó esa noche de navidad cambió mis planes.

Creo que siempre odié a Willie. Aunque llevaba mi misma sangre, no volví a sentirlo, desde entonces, como a una hermano, sino como a un hombre que quiso quitarme la novia. Anoche te contaba cuánto gusto sentí al encontrarlo en el *Omaha*. No mentía, mexicano. Me alegré, pero seguí odiándolo. Me dolió que lo mataran, pero no tanto como debió dolerme.

Cuando volví la última vez a casa, Betty fue a verme. No me alegré particularmente. Recordada a Willie y al bulto que se partió en dos en la oscuridad.

Aplastó el cigarro:

–¿Ves? Por eso estoy aquí. No tanto por la patria ni por los ideales. Aunque, pensándolo bien, ya no sé ni por qué estoy.

Esta plática puede no tener importancia para los demás. La tiene, y muy grande, para mí. Speedy fue sincero y honesto incluso en su odio. Por eso, respeto su amargura. Él, seguramente, si tiene algo que agradecerme, será que lo haya escuchado esa tarde, sin preguntar nada.

LA PALABRA ES "NO"

1

Ni habíamos pensado en ello hasta que Vance dijo:

—¡Eso es motín!

Todos nos miramos. Speedy hizo un ademán como para seguir hablando, pero se contuvo:

—¡Okey, es motín!

—Debe haber otra forma —bisbiseó Vance.

—¡Es motín! Y lo que ellos hacen, ¿qué es?

—No puedes llegar ante el capitán y decirle: "Explique eso de la comida, o aquí pasa algo". No, Speedy, no puedes hacerlo. Te colgarían llegando a tierra.

—Entonces —preguntó Speedy, al ver que todos quedábamos desalentados y mudos—, entonces, la palabra es no, ¿verdad?

Ésa era la palabra. Pensándolo bien, Stephan Vance tenía razón, toda la razón del mundo. Lo que nos proponíamos era una locura. Después de la cena, Speedy había organizado una especie de asamblea para invitarnos a ir, en masa, a ver a Davies y exigirle que nos explicara los misterios del barco; no todos, sino sólo uno que nos afectaba de manera directa: el de la comida; el de la estrecha relación que existía entre la muerte de los heridos y el inmediato aumento de las raciones. Pues que tal cosa sucediera habíase hecho ya costumbre.

No sabíamos, a ciencia cierta, cuántos habían muerto en el *Anne Louise*. No nos importaba tampoco. Presentíamos un nuevo fallecimiento con sólo ver las raciones que nos eran servidas en el desayuno, la comida o la cena. Cuando Cooker empezaba a despachar rumbo al comedor los platones colmados de carne, pensábamos: "fue uno", "fueron dos", o "fueron cuatro", según la abundancia del rancho.

Pero Vance tenía razón. Lo propuesto por Speedy era insensato y peligroso.

–Recuerda —subrayó Vance— que éste, como quiera que sea, es un barco de guerra y que nosotros pertenecemos a la Armada. Lo que propones equivale a ir al motín. Y un motín en estos tiempos equivale a...

Emitió un pequeño gruñido, mientras cruzaba su garganta, rápidamente, con el índice:

–...a que te cuelguen.

La prudencia de Vance nos cayó como un jarro de agua en la cabeza. Speedy había conseguido entusiasmarnos con su idea de ver al capitán. Si no hubiera terciado Vance, estaríamos ya en plan belicoso, amotinados en la cámara de Davies, gritando, exigiendo, gesticulando.

–Sí —tuvo que aceptar Speedy, y bajó de la cama que había improvisado en tribuna. Tienes razón, sería motín.

Nos dispersamos y fuimos a sentarnos en los catres, a fumar silenciosos o a pensar que la idea fue buena mientras duró. Vance encendió su cigarro y sin hablar con nadie saltó a cubierta. Speedy, tumbado, fruncía las cejas como queriendo exprimirlas de pensamientos. "Qué diferencia —me dije— el Speedy seco y duro, al que habló conmigo esta tarde."

Por lo visto, estábamos condenados a soportar el resto del viaje, sin protestas, comiendo esa carne horrible y, lo peor, rumiando cosas fúnebres. ¿Y si no la comiéramos...? Me levanté de un salto y sacudí a Speedy:

–¡Oye! Hay algo mejor que nuestro motín: ¡la huelga!

Como si mis palabras hubieran completado sus pensamientos, Speedy flexionó en la orilla de la cama y me miró profundamente:

–¡Eso sí merece la pena!

Le volvió el entusiasmo. Se trepó al camastro y gritó a través de sus manos, que imitaban una bocina:

–¡Hey, muchachos! Aquí hay algo bueno de probarse.

Estaba animadísimo y comenzó a hablar cuando se reunió el auditorio:

–Creo que el mexicano y yo hemos encontrado una buena forma de protesta.

–¿Cuál? —gritaron.

–¡La resistencia! ¡La huelga del hambre! ¡No comeremos ya esa carne ni nada que se le parezca! Y si Davies se enoja, que se lo lleve el propio Satanás. ¡Estamos en nuestro derecho de comer o dejar de hacerlo! ¿No es así?

Tuvieron que reconocer que así era.

–A empezar desde mañana. ¡No más carne!

Alguien preguntó:

–¿Nosotros solos? Somos pocos.

–Hablaré con los demás —repuso Speedy dando un brinco. Ellos estarán en nuestro bando.

–¡A convencerlos! —coreó Bobby Wilson.

Se formó un comité de huelga, que encabezamos Speedy, el Colorado y yo. Por mi parte sentía un gusto enorme, por lo que estaba sucediendo, que me daba ocasión de sentirme, por primera vez en mi vida, parte principal de algo que tenía importancia.

–¡Eso es, convencerlos! —gritó Speedy con un gesto muy decidido, y echamos a caminar hacia los otros sollados.

Cuando llegamos al número tres —el nuestro era el cinco—, Speedy habló:

–Venimos a invitarlos. A invitarlos a una especie de huelga.

Los muchachos se acercaron, algunos en camiseta, otros con los chaquetones aún puestos. Nos miraban como si tuviéramos tizne en la cara. Speedy seguía machacando:

–Aquí pasa algo raro. Digo, con la comida. ¿Han visto lo que yo he visto?

–Habla claro o cállate de una vez —exigieron.

–Hablaré tan limpio como ustedes quieren. Desde que empezó este viaje, y ustedes lo saben, han pasado cosas extrañas. La más importante es la que se refiere a la comida. Sospecho que esos sabrosos trozos de carne que nos sirven pertenecieron a algún cristiano; o ¿no van notando que siempre que allá abajo muere alguien, a nosotros nos dan de comer carne especialmente?

Los rostros de los oyentes se alargaron como fuelles. Creo que todos sentíamos en las tripas la carne que habíamos comido en la cena.

–¿Y qué vamos a hacer? —eructó una boca.

Speedy parecía un líder de plazuela arengando a la multitud, o un charlatán tratando de vender su mercancía, y continuó:

–Exigir una explicación al capitán no nos produciría más que disgustos. Es el jefe y debemos obedecer. Cualquier intento nuestro de presionarlo equivaldría a ir a un motín. Por lo tanto, propongo...

Calló en seco. Sus ojos pasearon una mirada sobre las cabezas de todos:

–Propongo que iniciemos la huelga: no la huelga de hambre

total, sólo la de carne. No la comamos más hasta que nos den una satisfacción. ¿De acuerdo?

Los nervios de su cara estaban tensos. Parecía un boxeador que ha tirado a la lona a un campeón mundial y que sólo espera que se levante para asestarle el golpe de los diez segundos. Los otros deliberaron:

–¡Hecho! ¡No más carne! —fue la decisión.

Allí mismo se nombró una comisión de dos para que, unida a la que formábamos Speedy, el Colorado y yo, fuera a invitar a los del sollado uno.

En el uno se repitió la misma escena. Speedy hizo oratoria directa y ganamos el punto. Dos marinos más se agregaron al comité de huelga. Faltaba lo más difícil: convencer a los de máquinas, que eran duros como un hueso.

–Allí vamos a batirnos —contestó Speedy cuando entramos al dormitorio. Éstos son unas bestias y no entienden nada. Dales de comer mucho, no importa qué, y los tendrás contentos.

Nuestra llegada produjo expectación. Alguien estaba tocando un chillante acordeón allá al fondo. Los catres y literas contenían hombres con ropa gruesa, leyendo, fumando o durmiendo sordamente.

–¡Camaradas! —empezó Speedy; su voz era potente y resonaba en el sollado. Camaradas, venimos a invitarlos...

Comenzaron a rodearnos. En contraste con la marinería de guerra, aquellos hombres eran más recios y con más años encima. Nos miraban como queriendo socavar qué nos proponíamos.

–Invitarnos, ¿para qué? —preguntó un roble como de cuarenta años, que ocupaba la primera fila del grupo.

A él le habló Speedy:

–¿No has notado, buen marino, cuántos extraños sucesos ocurren en este barco? —Speedy pronunciaba las palabras con afectación, escogiéndolas cuidadosamente, como para impresionarlo más. Muchas e inexplicables cosas. La más importante de todas es la que se relaciona con la comida...

El hombrón gruñó palmeándose el vientre:

–¿Qué pasa con la comida? ¿No la encuentras buena?

–¡Oh, sí, excelente! —contestó Speedy, y viró a vernos con los ojos desconsolados y como diciendo: "Qué brutos". La cosa es que... esa comida... es también rara.

–¿Por qué?

Las palabras del hombre eran como martillazos. Speedy comenzaba a perder la confianza en sí mismo:

–Mira, aquí los compañeros y yo venimos en representación de los demás muchachos. Como no estamos conformes con ciertos manjares, hemos decidido hacer una huelga de hambre. Más claramente, una huelga de carne.

Hubo comentarios y el del acordeón hizo que su instrumento lanzara una trompetilla. Todos se rieron. Speedy, sin hallar el control, gritó:

–Imbéciles, ¿no han visto que estamos comiendo la carne de los muertos del hospital?

Sus palabras golpearon las paredes y las cabezas. Cayó de plano el silencio. Todos los reunidos se miraban sin respirar. Nadie me quita de entre las cejas que ellos ya sabían o sospechaban. Parecían estupefactos y enmudecidos de horror. Pasó un minuto angustioso, brutal, pesado como la cadena del ancla.

–¿Y qué debemos hacer? —interrogó uno, más decidido.

Speedy comprendió que el punto estaba ganado, y más holgadamente de lo que creía. El gusto le subía a la cara. Respiró como un fuelle suelto, expulsando una gran bocanada de aire.

–No comer la carne. Sólo eso.

Siguieron deliberando entre ellos y por fin aceptaron:

–¡Oh! Nadie comerá carne.

El único no conforme fue el hombrón; pero sus protestas de nada valieron. ¡La decisión estaba hecha por la mayoría! Se fue hacia el fondo, como un oso huraño, moviendo la cabeza y dentelleando palabrotas.

2

Acordamos no dar explicaciones, y así lo hicimos a la hora del desayuno. La palabra era no, y "no" fue la palabra con que rechazamos la carne.

Dios, ¡qué buena cara tenía! Ninguno de nosotros la probó.

–¡Tráela para acá! —gritó una voz, en la otra mesa.

Callamos de un golpe. Cincuenta pares de ojos se clavaron en el que había hablado. Speedy explotó:

–¡Al cuerno todo; con esta gente no se puede!

Sonriente, el hombrón que había hecho preguntas la noche anterior, estaba sirviéndose un gran pedazo de carne. Iba a dejar los cubiertos sobre el platón, pero se arrepintió:

—Dame acá. ¡Ah! —suspiró, añadiendo a la que se había servido una nueva ración, capaz de espantarle el hambre a toda una familia. Con sus manazas vació casi el frasco de la salsa sobre la carne. Hundió el cuchillo y comenzó a engullir.

Nunca supe quién gritó:

—¿Qué tal sabe la hueva de héroe?

Entonces reímos como nunca; pero el hombre, que tenía apetito, siguió comiendo como si la cosa no fuera con él ¡Qué estómago de foca!

3

Al mediodía los platones de carne volvieron a regresar intactos a la cocina:

—¡Dénsela a las ballenas! —gritó el Colorado, y todos volvieron a reírse como si aquello hubiese tenido mucha gracia.

Cooker se asomó. Parecía desconsolado y quién sabe qué cosas pensaría de nosotros. Esa partida de bárbaros, que no apreciaban su talento culinario. Nos miró de largo, movió la cabeza y volvió a irse.

El teniente Collinson entró al comedor. Recorrió las mesas mirando a todos. Antes de irse hizo una sola pregunta:

—¿Todo bien?

Contestamos con un murmullo. Cuando desapareció, me dijo Speedy:

—Pronto va a empezar el baile. ¡Ya lo verás!

—Oye, Speedy —habló Ted por encima de la mesa. ¿Y si nos preguntan por qué no comemos la carne?

—¡Qué importa! ¡Diremos que no tenemos hambre!

4

Durante la cena no hubo incidentes, y nadie comió la carne, excepto aquel troglodita al que nuestras bromas sólo conseguían estimular el apetito. Rogué con toda mi alma que le diera una indigestión. A él y también al jefe de máquinas, el mercante carnívoro que la noche del funeral elogiara la nalga del prójimo.

Cuando nos levantamos, oí gruñir al cocinero:

—¡Brutos! No querer una carne tan exquisita.

5

¡El mar!

Viento otra vez recio. El *Anne Louise* rechinaba lúgubremente. Hacía frío. Ni una sola luz a bordo. Aunque no serían más que las ocho de la noche, todo parecía más callado, más triste que de costumbre. ¿Dónde estaríamos? Ésta era otra pregunta en todos los labios. El ansia de salir cuanto antes de aquel cacharro nos impulsaba a odiarlo. No éramos como otros marineros que amaban a este barco. Lo odiábamos. Las conversaciones que brotaban en la oscuridad de la cubierta iban empañadas como cristales cuando cae la nieve. Las superficies de metal estaban heladas, viscosas.

–En mi tierra —dije nostálgico— debe ser de día y ha de brillar el sol.

–¡El sol! —repitió Speedy. ¡Cómo me gustaría ver un sol caliente y grande como un hot-cake!

–Y poder tumbarte sobre la yerba húmeda —intervino Vance.

–No me hables de eso, que me recuerda la granja. ¡La tierra húmeda y la yerba mojada! ¡Muy bonito mientras no tienes que levantarte a las cuatro de la mañana para aprovechar el fresco y trabajar sin que te abrume el calor!

–Oye, mexicano, ¿cómo es tu tierra?

–Necesitas verla, Vance. Necesitas verla.

–Cuando me junte unos dólares y tenga un par de semanas de licencia, la veré.

¡El mar, aterrador y negro, lleno de los ruidos del viento!

6

¡Mmmmmm! ¡Mmmmmm! ¡Mmmmmm!

Desperté a medias. Me sabía la boca amarga pero insistí en fumar. Al poner los pies sobre el piso experimenté una agradable sensación de frescura. "...Y poder tumbarte sobre la yerba húmeda..." A tientas busqué los pantalones. Me los puse. Luego la camisa. Hundí la mano en la sombra y cogí el salvavidas. El olor a pintura nueva que se desprendía de él me arañó las narices.

Speedy estaba ya sentado en el borde de su catre. Nuestras rodillas se tocaron cuando me incliné para amarrarme los zapatos.

–¿Qué pasa?

–¡Esa maldita sirena!

¡Mmmmm! Un intervalo y otra vez: ¡Mmmm!

Estaban gritando. La batahola era espantosa. Con tantas blasfemias hubiéramos podido abrir muy bien surtida una tienda.

—¡Y a estas horas dar una alarma!

Speedy escupió en la oscuridad.

—Vamos, apura...

La confusión del sollado se prolongaba en cubierta. El aire nos abofeteaba a su gusto.

—¡Alza las patas! —gritó una voz, y me dieron un empujón. Por mis pies sentí correr algo que no veía, pero que me hizo recordar a las grandes y gruesas serpientes de la costa.

Me pegué a la pared para no estorbar. La aglomeración se hacía embudo precisamente por la puerta que servía de entrada a la escalera del cuarto de máquinas. Habían pasado dos minutos desde que sonaron las sirenas y la colmena del *Anne Louise*, incluyendo médicos y enfermeras, estaba en cubierta.

—¡Por acá, capitán! —invitó otra voz rudamente. Es abajo.

—¡Se está quemando el barco! —dijo Speedy a mi lado.

Aún no podía precisar dónde estaba la silueta de nadie, ni la mía propia. Me entró un miedo espantoso. Me palpé el cuerpo para convencerme de que no había olvidado el salvavidas. "No lo abandones ni para bañarte", había dicho Speedy una tarde. En ese momento, lo confieso, tuve que contenerme para no correr hacia donde se hallaban los botes.

Se estaba quemando el barco, pero no veíamos ni humo ni resplandor de las llamas.

—¿Dónde es el incendio?

—¡En máquinas! ¡Vamos a volar de un segundo a otro!

Creo que todos tenían el mismo miedo que yo. Entre el rumor de los que cooperaban a extinguir el incendio con las grandes mangueras percibíase el lloriquear de las enfermeras. "¿Por qué no se callan o se largan de una vez?", pensé furioso. Oí el rechinido de las poleas que sostenían los botes. "Ahora sí."

Transcurrió un eterno rato antes de que apareciera el capitán. Después de todo, aquello tenía su lado cómico. Hombres y mujeres estaban a medio vestir, despeinados, empavorecidos, con los ojos de sueño. Una tufarada de aceite quemado me pegó en las ternillas, Davies tosió con fuerza.

—¡Doctor Marsans! —gritó.

El médico se acercó. Davies le dijo algo. Luego, con Collinson y otros dos o tres más, desapareció por la puerta. Al cabo de un minuto volvieron cargando un bulto; un hombre.

–La camilla, pronto...

Lo depositaron en ella y se lo llevaron.

–Quedan tres más allá abajo —informó el teniente. Y el fuego no puede atacarse mientras no los saquemos.

El jefe de máquinas, con cuatro de sus hombres, se lanzó al salvamento. Dos o tres lámparas de mano, veladas con papel azul de celofán, surgieron de varios puntos, iluminando el piso. Vi a Speedy a unos metros de mí.

–Vance está abajo —dijo roncamente.

–¿Vance? Pero si su turno era a las cuatro.

–¡No sé! Pero está abajo. Lo he buscado por todo el barco.

Nos quedamos allí, impotentes. Para nosotros —Speedy y yo— había desaparecido el terror del peligro, ocupados como estábamos en pensar en Vance. "No, no es posible. Su turno comienza a las cuatro."

–Ven —me arrastró Speedy—, vamos a ver al capitán.

Imaginé lo que deseaba hacer. Davies continuaba al lado de la puerta cuando Speedy y yo nos acercamos

–Capitán —dijo Speedy—, queremos bajar.

–No se puede.

–Un amigo nuestro está allí y queremos ayudar.

–No es necesario —contestó. Ya no demora que lo saquen.

Pasó otro pedazo de eternidad y el miedo volvió a nosotros. ¡Si estallaran las calderas! No quise ni pensarlo. Esa noche todos envejecimos veinte años. Oí un susurro. Era Collinson informando al capitán.

–Está gravísimo. El doctor no cree que viva.

Davies no dijo nada, y el teniente volvió de nuevo al cuarto de máquinas.

Otra vez Speedy me arrastró. Salimos del grupo y caminamos hacia proa; creí que íbamos a los botes.

–¿A dónde vamos?

–A ver quién fue al que sacaron.

Un practicante nos cerró la entrada:

–Nadie puede pasar.

Alegamos. El practicante movió la cabeza.

–Son órdenes.

Vimos avanzar las motas de luz por el piso de cubierta. Avanzar rápidamente, delante de un grupo de hombres que llevaba dos bultos largos en los brazos. Nos hicimos a un lado y el grupo y su carga fue tragado por la puerta que comunicaba a la enfermería.

–Ya nada hay que hacer aquí. Ven.

Volvimos a popa. Los marineros comenzaban a dispersarse. El segundo comandante recorría los grupos ordenando:

–Vamos, vamos, que todo acabó.

Las mangueras fueron recogidas y enrolladas. El segundo seguía dando órdenes:

–Ya pasó. Nada grave. Ya pasó.

Ted Martin llegó a donde nos encontrábamos Speedy y yo. Su voz era ronca:

–Vance estaba allá. Fue el último que sacaron.

En medio de la confusión no notamos que el *Anne Louise* había aminorado su velocidad hasta casi quedar inmóvil. El oleaje lo sacudía como a una cáscara. Lentamente, con el incendio extinguido, reanudó la marcha.

–Irle a pasar a Vance, esto, en su viaje de regreso —murmuró Speedy. ¡Qué suerte de perros! Si Davies es negro...

Volvimos al sollado. Había un silencio trágico y duro como las piedras. Quise cerrar los ojos, pero parecían no tener párpados. ¡Vance! ¿Dónde estaría Vance y qué estaba haciendo, sintiendo?

Pensé, sin saber cómo, en Beatrix y en sus zapatos a la hora del bombardeo. ¡Mis labios no habían olvidado sonreír aunque fuera por eso!

Una puntada de vida

1

    —Ahí está —señaló el médico. Su voz había sonado fría y sin sentimientos, como si toda su bondad, lo que de humano debía aún tener, quedara reducida a las dos secas palabras. Su índice, apuntando, era una espada.

    —¿Cómo sigue, doctor?

    La voz de Speedy era, por el contrario, caliente, húmeda. La misma con la que se pregunta por un hermano o por la mujer que ha tenido un hijo.

    El doctor movió la cabeza. El vaivén era el del péndulo irremediable, desesperanzado.

    —¡Mal!

    Parecía como si gozara diciendo "mal", con una severidad increíble y estúpida. Lo odié en ese momento sólo porque lo dijo con tanto énfasis.

    —¿No hay...? —insistió Speedy, como no atreviéndose a decir lo que en realidad quería. Hubo en esa insistencia algo de súplica y desaliento. Alzó los ojos para mirar al médico.

    —¿Esperanza? ¡Oh, no! ¡Ninguna!

    Speedy abatió su cabeza fuerte. Miró un rato el piso, con una mirada que debía ser mansa y llorosa bajo las cejas. Nunca creí que Speedy pudiera conmoverse de esa manera. Si yo no hubiera estado allí, habría llorado.

    —¿Cuánto tiempo —titubeó— cree usted que viva?

    El médico movió otra vez la cabeza. Hasta ese momento adiviné algo humano en sus ojos:

    —No sé. Quizá no llegue a la noche.

    Después de todo. Vance no era ya más que un montón de gasas sin forma, colocado sobre algún lugar de la cama blanca. Un montón inmóvil, como si ya estuviese muerto.

–¡No tiene remedio! —suspiró el médico compasivamente. Aún me asombra que viva. Debió morir anoche mismo.

Retornó, en sus últimas frases, a ser el hombre duro y frío. "Aún me asombra que viva. Debió morir anoche mismo." Esto, seguramente, le causaba una pequeña irritación profesional, pues su experiencia le habría dicho: "Con las quemaduras que tiene, ese hombre no puede vivir, no debe vivir". Estaba asombrado porque Vance, a pesar de todo, no había muerto.

–Es prodigiosa su vitalidad. De otro, menos fuerte, no quedarían ya más que las cenizas —agregó.

Speedy, como yo, continuaba sufriendo. Vi en sus ojos un gesto de furia o de imploración, como si quisiera decirle al médico que se callara.

–¿No podrá oírnos? —preguntó sobresaltado.

El médico emitió un pequeña sonrisa sonora:

–¡Qué va! Prácticamente está muerto, aunque respire.

Luego, casi podría afirmar que alegremente, se puso a detallarnos las quemaduras sufridas por Vance. Lo hacía con tal fruición que me sentí enfermo. Los calentadores caldeaban el aire. El olor a medicamentos revolvía mi estómago. Sentí ganas de vomitar.

–¡Dispense! —y salí corriendo.

2

–¿Qué te pasó?

Era Speedy, que se me había reunido en la cubierta. Lo vi pálido.

–No soporté más. El estómago...

–¡Fue horrible! ¡Pobre Vance!

–Pero no me explico; si Vance no entraba antes de las cuatro, ¿cómo pudo...?

Speedy tardó un segundo en contestar. Cuando lo hizo, habló con un odio agudo y ronco:

–¡Es la mala suerte de este maldito capitán! ¿Recuerdas que te dije que los hombres como Davies transmiten su roña a los que sirven con ellos? ¡Pues acabas de verlo!

3

El *Anne Louise* rezumaba odio. Los hombres tenían las caras grises y cavadas por la furia. ¿Contra quién? Yo también participaba de ese odio, y no lo sabía a ciencia cierta. ¿Contra quién? Vagábamos por cubierta o estábamos en el sollado, o trabajábamos, pero siempre ceñudos, taciturnos, oprimidos por los sucesos de la noche anterior.

¿Por qué habría de ser Stephan Vance, precisamente, el único que no tenía salvación?

Porque los otros, aunque graves, tenían siquiera la esperanza de vivir, que es la mejor de todas. Quedarían marcados, espantosamente mutilados, pero vivos. Volverían a ver la luz, a palpar a las mujeres, a respirar el aire. Impondrían sus complejos, quizá, a la lástima de la gente. Pero vivirían. ¿Y Vance? Recordé aquel montón de gasas, y el olor, y al médico. Me estremecí.

Speedy se acodó junto a mí en la barandilla.

—Vengo de allá —dijo quedamente, abatido.

No me atreví, porque era ingenuo, a preguntar "cómo sigue". Speedy pareció adivinarlo.

—La cosa pasará de un momento a otro.

4

Sin hablar transcurrió toda la comida. Parecía como si cada uno de nosotros cuidase de no hacer ningún ruido, de que los demás no advirtieran que estaba allí. Cuatro sitios, en aquella mesa, permanecían vacíos: uno era el de Vance.

Cooker cantaba algo con su voz pastosa. Percibíamos claramente el ruido de los platos, de la grasa crepitando, el murmullo de su canto, pero no identificábamos las palabras.

Ted Martin estalló a gritos:

—¡Cállate, maldito negro, hijo de...!

Nadie se movió. Cooker dejó de cantar. Lo único que no podía callarse era la manteca. Platos fueron y vinieron intactos. Me acordé del hombrón de máquinas. Lo busqué con la mirada, al fondo de la mesa. Su sitio estaba vacío.

—Speedy —pregunté—, aquel tipo, el que nos dio lata cuando iniciamos la huelga, ¿dónde está? ¿Es de los heridos?

—No. Está enfermo de algo.

No nos acordamos más de la huelga. No habíamos comido por inapetencia y mal humor. ¿Quién iba a poder comer, después de todo? Los platones rebosaban de gruesas lonjas de carne pero nadie los miraba siquiera.

5

–¡Fue terrible; verdaderamente terrible!

El jefe de máquinas no disimulaba los efectos que *aquello* había producido en él. Su cara no tenía la frescura de siempre, ni sus ojos el brillo del buen humor. Había trabajado toda la noche, después de que sofocaron el fuego, reparando los desperfectos. Ni siquiera subió a desayunar o a comer. Tenía el rostro ennegrecido y las recias manos cubiertas de vendas. Las arrugas colgaban, más profundas, de sus labios.

–¡Horroroso! ¡Quedaron entrampados como ratas!

Luego relató cómo había empezado el siniestro:

–Ustedes no se dieron cuenta del peligro en que estuvimos. Unos minutos más y todo esto, con nosotros dentro, vuela, ¡prrrt!, por los aires...

A la una llegaron a avisarme que la sentina estaba quemándose. Le pregunté si no habían podido apagarla. "No", dijo el recadero, "la cosa está fea..." Lo estaba, realmente. En barcos viejos como éste es fácil que se quemen las sentinas. El aceite va juntándose y, ¡zas!, arde hasta con una mirada... Es lo que pasó, lo de siempre: no retiraron a tiempo ese aceite, saltó una chispa cualquiera y el fuego no se hizo esperar.

Cuando llegué, las llamas hacían un ruido que daba miedo. Los incendios a bordo siempre me aflojan el vientre, y eso que he visto muchos. Lo más probable es achicharrarse, freírse como dentro de una lata de sardinas

–¿Qué diablos esperan para acabar con esto? —dije, pensando que el fuego sería rápidamente dominado. No se podía estar ya allí dentro. Era imposible respirar por el humo y el olor a aceite tostado. Me ardían los ojos y el calor me aplanaba la cara como si quisiera deshacérmela.

–La bomba no funciona —contestaron.

No los podía ver. Sólo escuchaba los gritos de la gente que estaba tratando de apagar el fuego y sus maldiciones y el ruido de las llamas al caminar. Un ruido que asusta, sí, señores. Como aquello era peor de lo que había imaginado, fui a ver al capitán. Desde que empezó el incendio hasta que sonaron la sirena había corrido un buen cuarto de hora.

–¿Cuántos hombres tiene abajo?—me preguntó el capitán mientras se vestía.

–En esa parte, cuatro, señor.

Salimos a la carrera y tras de nosotros el segundo y el oficial de guardia. Entonces dimos la alarma.

El maquinista hizo una larga pausa.

–¿No tiene alguien un cigarro? —inquirió.

Se lo dimos y yo le proporcioné lumbre. Se quedó con los ojos fijos en la llamita azul.

–Bonito es el fuego, pero no cuando se le tiene por cobija... —sentenció, para continuar con el relato—: Cuatro hombres estaban dentro, batiéndose con el incendio. La maldita bomba no trabajaba. Vaciamos los extinguidores y logramos contenerlo un poco, pero no por mucho tiempo, pues pronto volvió a tomar fuerza.

El capitán Davies estuvo unos minutos viendo la faena. Luego salió. Temía que se le quemara el traje, seguramente. Con las mangueras comenzamos a barrer la lumbre. Ya no se podía respirar allí, y les grité que salieran. Grité de nuevo, lo más fuerte que pude:

–¡Salgan de una vez!

Creo que no me oyeron, porque ninguno salió. El teniente Collinson, guapo y valiente muchacho este, me tiró por un brazo:

–Salga usted, que va a desmayarse —dijo, casi ordenándome. Me arrastró hasta el pasillo y volvió a máquinas.

Se estaba batiendo como los buenos. En el pasillo por lo menos se podía estar. La cabeza me daba vueltas. ¡Son los años, indudablemente! Hace diez, un incendio como éste no me hubiera hecho ni sudar; pero ¡ahora! Iba a regresar a máquinas, ya un poco repuesto, cuando salieron el teniente y otros dos o tres muchachos cargando a alguien.

–La cosa es muy grave, teniente.

–Ya lo veo. Allá queda uno todavía.

Las mangueras nos abrieron camino. Dick Robinson, el tercer maquinista, estaba ya en el pasillo, medio asfixiado. Otros dos salieron de entre el humo, ahogándose, con las caras negras y las manos y la ropa ardiendo.

–¿Son todos? —gritó el teniente. ¡Vámonos!

Dick Robinson no podía respirar, pero en su desesperación articuló tartajeando:

–No... falta... uno... Vance.

Collinson regresó de nuevo al infierno. Yo estaba sorprendido de que alguien hubiera quedado. No recordaba que Vance había hecho el turno por Fred Davenport, el fogonero. Collinson encontró a Vance, tirado y sin sentido. Creyó que estaba muerto. Todavía en el pasillo tuvimos que apagarle el traje y el pelo en llamas.

¡Si ustedes lo hubieran visto! ¡Pobre muchacho!... Me imagino que se desmayó por los gases y quedó entre las llamas, o que, al querer salir, tropezó con algo y se dio en la cabeza, porque le he visto un golpe bárbaro cerca de una oreja.

El jefe de máquinas quedó callado, viendo cómo el aire arrastraba la ceniza del cigarro. Quedamos como si nos hubieran dado una paliza a cada uno. Luego se puso en pie:

—En fin, una desgracia a cualquiera lo pesca.

Pero yo no me explicaba esto: si Vance había terminado su turno, ¿por qué aceptó suplir a Davenport, que me era desconocido, aun a sabiendas de que a las cuatro de la mañana tendría que continuar; es decir, a pesar de que con eso iba a pasar dieciséis horas seguidas metido en el infierno de las máquinas?

Sin embargo, así era, y por ello Stephan Vance estaba ya sólo pegado a la vida por una puntada.

—¿Quién es Fred Davenport?

El jefe de máquinas pintó en el aire una figura descomunal:

—¿No lo conoces? El tipo gordo ese que come igual que una bestia.

Asocié ese nombre —Fred Davenport—, que no me decía nada, al hombrón que había servido de esquirol a nuestra huelga de carne la noche anterior.

—¿Por qué no trabajó? —indagué.

—¡Oh, nada serio! Hoy mismo estará bien. Una indigestión. Cenó tanto que no pudo levantarse. ¡Es todo! —y el jefe de máquinas se fue, con sus manos vendadas.

No pude reprimir el embarazoso complejo de sentirme culpable de la desgracia de Vance. No pude reprimirlo, porque quise con toda mi alma que Davenport se indigestara.

Y mi deseo fue cumplido.

6

Pasamos la tarde, Speedy y yo, rondando la puerta del hospital. Las restricciones impuestas a los marineros para que no pasaran sin motivo a la parte de proa, fueron levantadas. Nadie dio la orden; pero nadie, tampoco, dijo ya nada mientras estuvimos allí.

—¡Sucederle a Vance y no a otro!

No podíamos comprender. Que le pasara a alguien para quien volver a casa no significara lo que para Vance, era de sentirse, pero estaba bien. Sin embargo, él cargaba con la mala suerte ajena. Era por la última vez.

Speedy se sentó perezosamente al pie del muro, con la gorra entre las manos.

–¿Ves, mexicano, cómo tenía yo razón?

No contesté. Speedy no necesitaba ya insistir en que Davies era hombre de mala suerte. Todo era extraño a bordo del *Anne Louise*. Las cosas no eran, no podían ser normales. Era un barco que llevaba de polizón a la muerte.

De cuando en cuando, con aterradora exactitud, asomaba su calavera. Entonces moría alguien. Llegué a preguntarme si no se cansaría de matar tantas veces. Pero la muerte debía estar feliz y muy risueña, perfumada con su olor a medicinas y llena de gritos y dolores. Los heridos —¿para qué los llevábamos?— le pertenecían, eran suyos desde antes de embarcar. Los iba matando a pausas, con su mano de huesos. Aunque la otra muerte, la que era de otros, había dejado de importarnos ante la irremediable inminencia de la nuestra o la del amigo.

–Speedy —dije—, esto va para largo.

–Sí, ya era tiempo...

¿No era esto hablar como salvajes sin sentimientos? ¡Speedy y yo estábamos deseando con toda el alma que Vance muriera!

–Es lo mejor, ¿no crees?

–Sí.

–Porque, Speedy, ¿vale la pena tardar tanto en morirse?

–No.

Un "no" corto que se ahogó en la línea de sus labios. Apareció otra vez el médico.

–¿Cómo va eso? —Speedy fingió un tono sin preocupaciones.

–Mal. Sigo pensando que es extraordinario.

–Ni un milagro podría salvarlo, ¿verdad?

–Ni eso. En tiempos de guerra no hay milagros.

–Y si eso ocurriera...

–Mejor sería que no. Ese hombre no es ya más que un pedazo de carne frita.

Inconscientemente me imaginé a Vance colocado en uno de los platones que nos servían en el comedor y a Davenport comiéndoselo con su voracidad de perro.

7

Davenport, con la cara pálida, sentóse en su silla. Lo miré, odiándolo, y nuevamente me sentí culpable de lo que había sucedido a Vance.

—Míralo —dije a Speedy—, comiendo como si nada. Él, y no Vance, debería estar achicharrado.

—¿Qué le íbamos a hacer? Las cosas son como vienen.

Cooker se esmeró con la comida. Rechazamos la carne todos, incluso Davenport.

8

A las nueve y veinte el médico anunció que Stephan Vance había muerto.

No me avergüenza decir que sentí ganas de llorar.

9

—El capitán quiere verlos —dijo el teniente Collinson.

Salimos tras él. La oscuridad era siniestra, aunque el tiempo estaba perfecto. El *Anne Louise* navegaba plácidamente. El ronronear de sus máquinas venía como de muy lejos, sedante como el de los gatos.

Speedy habló:

—Teniente, los muchachos le agradecen lo que hizo.

Collinson no volvió la cara y siguió caminando con pasos largos por el pasillo.

—Siento realmente lo que pasó —dijo. De veras que lo siento.

10

Stanton C. Davies se quitó los lentes. Su cámara era baja y estrecha y no había en ella mucha comodidad. Un radiador lanzaba oleadas de calor. Puso los lentes sobre la mesa. Encima de ésta había un portarretratos con una fotografía: aparecían en ella Stanton, una dama que debía ser su esposa y un joven en uniforme.

El teniente nos presentó y se fue, después de saludar.

—Créanme —dijo el capitán— que siento lo ocurrido.

Speedy y yo no alzamos la cabeza.

—Vance era un buen elemento —continuó. Lo conocía bien,

por haber servido conmigo. Como usted, Johnson.

—Sí, señor.

—Lo de anoche...—titubeó. ¡Bueno, es una desgracia!

—O algo que debía pasar —aventuró Speedy.

Davies no hizo caso a la alusión:

—Una desgracia irremediable, ciertamente. Pero él murió cumpliendo con su deber. Su muerte fue noble y útil.

Me pregunté qué querría decir Davies. La de Vance había sido una muerte sin melodrama y sin aparato. Además, estéril. ¿Qué otra cosa que morir había hecho Vance?

—Habremos de guardar un recuerdo en nuestros corazones. El recuerdo del camarada que se fue.

Davies jugueteó con sus lentes. Se estaba poniendo como un actor en papel. Creo que Speedy, como yo, se sentía ridículo oyendo tantas sandeces.

—En fin —suspiró Davies levantándose—, lo que no tiene remedio ha pasado... ¿Ustedes eran amigos suyos, verdad?

—Sí, señor.

Davies vaciló un segundo:

—Entonces, reciban mis sentimientos más sinceros.

—Gracias.

Nos estrechó la mano con vigor. De ella se escapaba una fuerza seca.

—Mañana —añadió, dándonos la espalda y recogiendo sus lentes—, mañana será el funeral.

Nos miró un instante.

—Buenas noches, señores.

El aire nos pareció más frío cuando salimos.

—¿Qué te parece, eh? Ahora nos da el pésame. ¡Cochino! Me dieron ganas de gritarle lo que pienso de él.

No es necesario explicar que Speedy estaba furioso. Decidí no contestar ni comentar nada.

—Por su culpa ha muerto Vance y ahora dice que lo siente. ¡Estúpido!

Speedy era injusto. Davies no tenía la culpa del incendio, ni de que Davenport hubiera sufrido una indigestión, ni de que Vance hubiera tenido que suplirlo. Si había un culpable, sobre todo por eso último, el culpable sería yo. Pero todo era obra de la casualidad, del destino, y así lo dije francamente.

—No, mexicano. Vance murió por culpa de éste... por su culpa.

Y se puso a recordarme a los cuarenta y siete muchachos que se ahogaron en el hundimiento del *Omaha* o que fueron asesinados a tiros después.

–Vance sabía que Davies tiene la roña de la mala suerte encima. Sabía también que esa roña se le había pegado a él después del hundimiento... ¿No notaste cómo anduvo Stephan estos últimos días? Cabizbajo y como lleno de miedo.

–Creí que era por lo de la mujer esa, Beatrix.

–No, mexicano, no era por eso. Vance, sabía...

Speedy había hablado patéticamente, como si quisiera convencerse a sí mismo, antes de persuadirme a mí, de que todo era culpa de Davies. De Davies y nada más que de él. Estaba soldado a la idea y no la abandonaría por nada del mundo.

11

Los muchachos nos rodearon cuando volvimos:

–¿Qué quería?

–¿Para qué los llamó?

Speedy explicó, y luego relató la entrevista con el capitán.

–Para darnos el pésame.

No se necesitaba ser un comodoro en psicología para imaginar qué estaban pensando todos esos hombres. Para ellos, como para Speedy, Davies era el responsable. Su legendaria mala suerte precipitó la tragedia. Esto era evidente, según ellos. De no haber sido Vance, cualquiera de nosotros hubiera muerto. Por eso le temían.

–¿No creen que exageran? —intervine.

Me miraron llenos de sorpresa. Ted Martin saltó:

–No hables de lo que no sabes. Mira, mexicano, nosotros conocemos mejor a Davies de lo que tú puedas conocerlo en cien años. Hemos andado con él en diferentes barcos. Siempre ha pasado algo, ¿o no, Speedy?

Éste movió la cabeza afirmando.

–Speedy te lo puede decir. Él se fue al agua una vez con Davies; yo y casi todos los que estamos aquí nos fuimos también... ¡Dos torpedeamientos en una misma guerra son bastantes! ¡Y si eso no es mala suerte, que baje Dios y lo diga!

Era inútil discutir. Para ellos, Stanton C. Davies era hombre símbolo de mala suerte. Y no me sorprendí mucho cuando tuve que reconocer que comenzaba a serlo para mí también.

OTRO QUE SE VA AL FONDO

1

Los hombres se habían formado de cara al mar, a lo largo de la popa. Una ligera llovizna cerníase del cielo y en el aire de pizarra. Relucían las tablas, y las paredes de acero lloraban lagrimones de sal sobre la pintura. Rondaba un frío espeso y muy fino, taladrante.

Todo listo. El cuerpo de Vance, cubierto por la bandera. La dotación del *Anne Louise* quieta, vertical, formando una sola y prolongada masa oscura. Fred Davenport no miraba a nadie. Davenport, igual que yo, sentíase culpable de que Vance estuviera con los pies apuntando al mar, muerto allí y, más que todos, lleno de frío.

Con las manos enlazadas sobre el pecho, el padre Gallagher rezaba para sí. Su aspecto deportivo y su desenfado juvenil no existían. Era ahora un padre Gallagher serio, profundo diría yo, que cumplía con su oficio eficientemente. Era, sin duda, la pieza más importante de la máquina de la muerte a bordo. Algo así como el cónsul que visaba el pasaporte definitivo.

El sol, brillando al otro extremo de las nubes, hacía que el cielo pareciera un cristal despulido. Su luz difusa, helada, ahondaba sus rasgos y los hacía más duros, como si también estuvieran muertos. El *Anne Louise* cabeceaba rítmicamente y percibíamos, acompasado, monótono, desesperante, el golpear de sus bandas sobre el agua.

Davies hizo una seña y el padre Gallagher abrió un pequeño libro de oraciones. Teníamos la angustia anudada en el cuello, como la cuerda de un verdugo. Cuando dijo algo sobre "el hermano que se va...", los ojos se nos llenaron de lágrimas. Hasta el jefe de máquinas, hasta Davenport, se mostró conmovido.

Para mí, el espectáculo no tenía ya el atractivo de la novedad. El funeral de tres días antes, cuando regresamos al agua el náufrago que le habíamos robado por unas horas, me había gustado. Éste me deprimía. ¿No era la misma muerte? En cierto modo, sí. Una muerte sueca y la otra norteamericana. No obstante, ver a Vance irse me producía un sentimiento distinto, como más doloroso y mío. Vance, su mano de amigo.

Gallagher terminó de rezar. Entonces corrió por todos nosotros una onda de alta tensión, un estremecimiento común. ¡Ahora venía lo peor! ¡La partida!

Cerré los ojos cuando el cadáver, con su contrapeso en los pies, resbaló hacia el mar, bajo la bandera. No he olvidado el recuerdo sonoro del momento; de ese lento frotarse del cuerpo del muerto con la tabla que, poco a poco, iba dejándolo caer en la eternidad, en el mar, que es lo mismo. Luego, un golpe rudo, chato.

2

–¡Otro hombre que se va al fondo! —comentó amargamente Speedy. Y con ello quiso decir tantas cosas...

Ted Martin habló por lo bajo, arrastrando la voz, que produjo un ruido semejante, por lo largo y angustioso, al del cadáver en su caída:

–¿Y quién de nosotros seguirá?

Vimos alejarse las espaldas de Davies, y ninguno, creo yo, dejó de pensar en él y en lo que significaba para todos su compañía.

–Alguien tiene que seguir —recalcó Speedy.

–¿Por qué? —dije sin pensar.

Se alzó de hombros.

–No me lo preguntes. Está escrito. Nunca debí haberme embarcado con Davies.

3

Aquella bomba de nervios que iba cargándose dentro de cada uno de nosotros durante el viaje, estalló a la hora de la comida. Cada tripulante del *Anne Louise* —exceptuados, claro está, los oficiales— estuvo generando odio y violencia desde el momento en que se convenció, o creyó convencersei de que lo que comíamos era algo diferente a la buena carne de res. Sometidos a una intensa presión, que había buscado inútilmente desahogos de escape en las bromas, en la indiferencia, los hombres se dejaron arrastrar a los extremos, a la brutalidad. No podía ser de otro modo. Y puestos ya en ese camino, no había otro remedio que seguirlo.

Estoy seguro de que si las cosas hubieran seguido adelante la habríamos pasado mal, y quizá nunca hubiera podido reunir en estas páginas desordenadas los recuerdos de aquel viaje. Sin embargo, por fortuna, la explosión de ira colectiva fue pasajera.

Como digo, empezó a la hora de la comida...

Durante el desayuno llegó el rumor de que otros siete de los heridos habían muerto. Fue esta la vez que más murieron en un mismo día.

—Ahora confirmaremos lo que sospechamos —dijo Speedy. Si es lo que me imagino, a la hora de la comida tendremos carne en abundancia.

Como lo profetizó, sucedió. Nunca como este mediodía nos fue servida tan abundante ración. Cooker sacó a relucir su repertorio de las grandes ocasiones, y durante media hora vimos desfilar ante nosotros una enorme, variadísima, suculenta gama de platillos a base de carne.

Hubo de todo: desde escalopas hasta hamburguesas, pasando por los adobos, las rebanadas de carne mechada, guisados varios, las albóndigas, costillas o algo que lo parecía. Comida, en fin, como para alimentar a una dotación tres veces más numerosa que la del *Anne Louise*.

Los platos se fueron intactos. No probamos más que una sopa de legumbres, ensalada, pan y café. El desprecio a su comida provocó la ira de Cooker. Pálido y furioso, el cocinero negro se encaró a todos y nos dijo cochinos, bestias y una robusta ristra de otros calificativos. La bronca estalló cuando, al ver que nadie decía nada, que todos fingíamos no escucharlo, pegó un chillido:

—¡Váyanse a la mierda, blancos del demonio!

Entonces tres o cuatro brincaron, lo arrastraron al suelo y comenzaron a golpearlo con una furia de verdaderos cafres; Cooker se defendía con los dientes, con las manos y con los pies. Todos gritábamos y comenzamos a romper platos y cacharros.

De pronto, apareció el capitán.

—¡Todo el mundo en línea!

Al principio nadie le hizo caso porque no lo oímos. La cara de Cooker era ya una masa sanguinolenta y asquerosa.

—¡A formar! —gritó de nuevo Davies.

A su lado aparecieron el segundo y tres o cuatro oficiales. El padre Gallagher, tímidamente situado atrás, contemplaba el zafarrancho.

Al ver que no lo escuchaba nadie, el capitán y los oficiales se lanzaron hacia el grupo que estaba medio matando al cocinero. Fajándose como un estibador, Davies repartió puñetazos a diestra y siniestra, con sus manazas como martillos. Pero los linchadores, cegados y coléricos, no dejaban el despojo de Cooker. Daba gusto ver a Davies. En ese momento creo que lo admiré.

Por fin terminó el tumulto. Cooker quedó en el suelo, roto y lleno de sangre. Los salvajes que lo estaban matando se retiraron, con las cabezas gachas, sudorosos y jadeantes, llenos también de sangre los puños y la cara.

Davies parecía un valiente capitán corsario después de haber reprimido un motín a puñetazos. Su cara tenía un brillo de ferocidad, que en nada se diferenciaba a la de los linchadores. Con bruscos ademanes se arregló el pelo y la chaqueta del uniforme. Respiraba ruidosamente, como una caldera vieja.

–¿Qué pasa? —interrogó en común.

Nadie se atrevió a contestar. Algunos nos habíamos sentado hipócritamente, para hacer patente que éramos ajenos a lo sucedido. Ahora me arrepiento de aquella cobardía, y me arrepiento porque debimos todos haber aceptado una culpa que a todos correspondía por instigadores y cómplices.

–¡He dicho qué es lo que pasa! —vociferó el capitán.

Uno de los que participaron en la golpiza a Cooker repuso, lleno de odio. Era Bobby Wilson:

–Este negro puerco nos insultó.

El grupo linchador había quedado aislado, frente al capitán. Eran cinco. Bobby tenía un profundo arañazo, del párpado del ojo izquierdo al cuello. La sangre le corría mansamente y goteaba —tac-tac, tac-tac— en el suelo. Davies ordenó:

–Acompañen al comandante Atkinson.

Los cinco salieron cabizbajos. El padre Gallagher movió la cabeza cuando pasaron junto a él.

–Y ustedes —añadió el capitán, señalando a cuatro de los muchachos—, cárguenlo y llévenlo a la enfermería.

Cooker se había medio incorporado. Su cara parecía uno de esos sanguinolentos trozos de carne que preparaba en la comida. Completamente sonámbulo, paseaba lo que había quedado de sus ojos en torno suyo. Sentí horrible repugnancia cuando se arrastró hasta las piernas de Davies y las rodeó con los brazos, gimoteando:

–Capitán, capitán Davies, señor...

Davies pareció turbarse un momento. Luego se inclinó hacia el cocinero:

—En este momento será curado.

Los muchachos lo levantaron, dos por los pies y dos por la cabeza, y se lo llevaron rápidamente.

4

Ahora todos estábamos de pie. Davies, en medio de nosotros.

—Esto que acaba de suceder —acusó— es motín. Y se castiga con la muerte cuando ocurre en un barco de la Armada.

Aquello era más que una advertencia. El tono amenazador de las palabras de Stanton C. Davies encerraba ya un veredicto.

—No quiero saber, por ahora, las causas por las que llegaron a este extremo. Ya tendrán tiempo de contárselas al tribunal que se encargará de juzgarlos. Sólo quiero que recuerden que cualquier otro disturbio será reprimido enérgicamente, sin miramientos.

El ambiente estaba cargado de dinamita. La ferocidad de los minutos anteriores, era, en los presentes, para nosotros, pánico tremendo. Davies hizo un alto.

—No desconozco —vaciló al decir las próximas palabras— que ustedes piensan que a bordo están ocurriendo cosas cuya explicación no encuentran. Sea como fuera, ustedes deben obedecer, y obedecer de buen grado. La disciplina de este barco no debe relajarse por ningún motivo. Por mi parte, repito, no estoy dispuesto a que sucedan más incidentes bochornosos como el de hace un momento. En cuanto a ciertas... irregularidades... recuerden que en tiempos de guerra no tenemos que dar satisfacciones a nadie.

Me asombra pensar por qué en ese momento no preguntó ninguno nada que se refiriera a la carne.

—Se hará una investigación del incidente y se castigará a los responsables —añadió más calmado.

Nos quedamos helados. Davies se adentró en el comedor, mirándonos desafiante las caras; dio vuelta a la mesa. Antes de salir tuvo un golpe maestro.

Se aproximó de nuevo a la mesa y tomó una rebanada de carne de un platón que no había sido retirado.

—Por lo menos no se pueden quejar de la comida. ¡Es excelente! —comentó, dando una golosa mordida, al tiempo que echaba a caminar.

Su último rasgo fue casi humano, heroico.

5

Llegó mi turno. El teniente Collinson gritó mi nombre y me levanté. Señaló la puerta del salón de oficiales:

–Por aquí.

Esa misma tarde había principiado la investigación. A los que estábamos francos nos hicieron aguardar en cubierta. Luego nos llamaron uno por uno. Nos quedaba prohibido dirigirles la palabra después de que salieran. Collinson iba tachando de la lista el nombre del ya interrogado. Vigilaba, además, que no se hicieran comentarios o se preparara una coartada colectiva.

–¡Siéntese! —escupió el segundo, apuntando con su lápiz a una silla que estaba a un lado de la mesa.

Davies ocupaba el asiento de en medio. El padre Gallagher aparecía más allá. El capitán apoyó los brazos sobre el filo de la mesa. Tenía enfrente un bloque de papel, al igual que Atkinson.

–Tendrá usted que decir lo que vio y lo que hizo durante el incidente del mediodía.

–Sí, señor.

Por primera vez me encontraba en una situación así y no sabía qué responder. Deseaba no aparecer ridículo ni decir cosas que fueran a perjudicar a alguien.

–Sus compañeros —exclamó Davies— han dado ya, cada uno, su versión personal sobre el asunto que investigamos. Ésta no es una corte y lo que usted diga tendrá carácter confidencial. Así, pues, relate.

–Yo, señor... —titubeé y me quedé callado.

Davies miró mis ojos fríamente.

–Está bien, lo ayudaremos. ¿Por qué golpearon a Raymond Joseph Wright, el cocinero?

–No lo sé; no exactamente.

Davies advirtió:

–Recuerde que su deber es decir la verdad,

–No sé, señor —dije sincero. Sería por lo que dijo.

–¿Y qué dijo?

–Algo así como...

–Concretamente, ¿qué dijo?

–¡Váyanse a la mierda, blancos del demonio! —repetí enrojeciendo.

–¿Y luego?

–Comenzaron a pegarle.

–¿Quiénes? ¿Los vio usted?

–No con exactitud.

Davies pareció incomodarse. Eché una mirada de reojo y noté que también estaba allí, a mi espalda, el ayudante del radiotelegrafista con una libreta de taquigrafía en la mano, atento a cada una de mis palabras.

–¿Los vio o no los vio? ¡Conteste!

–Sí, señor, sí los vi.

–¿Sabe sus nombres?

Me mordí los labios. Puedo ser cualquier cosa, tener todos los defectos del mundo, pero yo no soy delator. Apreté los puños. Las manos me sudaban. Miré en torno, buscando un agujero para escaparme de la mirada y de las preguntas de Davies.

–Dígalos, mexicano, nadie lo sabrá —dijo una voz en español; en un español tartajoso y cómico. Miré al padre Gallagher. Contestó a mi mirada con un gesto afirmativo. Davies se volvió rápidamente hacia él:

–¿Qué ocurre, padre? —su bronca voz tenía fastidio. Gallagher le explicó.

Comprendí que debía hablar.

–Sí, señor; sé sus nombres —dije roncamente. Hubiera matado en ese momento al padre, al capitán y a todos.

–Dígalos.

Los recité, más bien con sus apodos. Luego, Davies se inclinó hacia mí. Sus ojos eran entre duros y bondadosos.

–Aparte del supuesto insulto del cocinero, ¿por qué lo golpearon?

Me alcé de hombros. La pregunta me pareció tonta y superflua, dicho con el debido respeto.

–No sabría cómo decirlo.

–Trate, si es tan amable.

Me pregunté: "¿Por qué no decirlo de una vez?", y solté una confusa parrafada sobre la comida, los muertos, la carne y todo lo demás. Davies cuchicheó algo con Atkinson y Gallagher. Ellos parecieron estar de acuerdo. Davies nuevamente me clavó los ojos:

–Está bien. Es todo. Gracias —dijo, indicándome que la entrevista había terminado.

Cuando salí tropecé con Speedy que entraba. Le guiñé un ojo, como diciéndole: "Entra y ríete de ellos, que yo no les tuve miedo".

6

De ocho a doce cubrí mi guardia. En la derrota hice un descubrimiento. La carta de navegación había cambiado y me pareció reconocer que íbamos ahora sí, hacia América seguramente. Esa noche, el *Anne Louise* se hallaba, por lo menos, a cuatro días del puerto yanqui más próximo. Cuando terminé, cinco minutos después de medianoche, sentí hambre y la boca se me llenó de saliva al recordar la carne que había rehusado durante la cena.

En el sollado sólo se hablaba del interrogatorio a que se nos había sometido en la tarde. Al pasar vi la cama de Vance vacía y como demasiado corta y angosta. Según me di cuenta, a todos les preguntaron lo mismo. Speedy me espetó de pronto:

—¿Les dijiste los nombres?

—No —repuse con la cara roja. ¿Y tú?

Titubeó:

—No.

Pero en su cara, como en la mía, estaba la verdad.

—Oye, ¿no te parece idiota que nos preguntaran quiénes fueron los del lío, si ya los tienen arrestados?

Speedy abrió la boca para decir algo y luego soltó la carcajada:

—¡Claro que es idiota!

—¿Qué les harán?

—¿A ésos? ¡No quisiera estar en su equipaje de pellejo, mexicano! ¡No, yo!

—¿Y a nosotros?

—Creo que nada. Si acaso, nos suprimen la próxima licencia. O ¡quién sabe!

Ted Martin, saltando camas, llegó hasta donde estábamos Speedy y yo.

—¡Qué bruto, cómo le pegaron!

—Sí —murmuré—, fue una bestialidad.

—Le quebraron cuatro costillas al negro, y, además, sospecho que tendrá que usar dentadura postiza.

—¿Cómo sigue, Ted?

Ted encogió los hombros:

—Tiene para dos meses.

—¡Un bonito linchamiento! —murmuré de nuevo.

Martin dijo bruscamente:

—¿Y qué? ¿No es un negro?

En ese momento se me vino la sangre a la cabeza y estuve a punto de romperle la cara a Ted Martin.

—De todos modos, ¿no es un hombre como nosotros?

—¡Pero es negro!

Ted Martin dijo esto último con gran vehemencia, como para convencerme de que Cooker no era hombre, sólo por tener la piel oscura. Nunca he podido entender cómo muchachos iguales a Ted, a mí, pelearon por la libertad, contra el racismo, si en lo íntimo de cada uno de ellos alentaba un odio increíble precisamente contra aquello por lo que pelearon y murieron.

Speedy intervino y evitó así que Ted y yo saliéramos a trompadas:

—¡Oh! Ya no discutan, par de bacalaos idiotas.

7

A la mañana siguiente, con Speedy fui a ver a Cooker. Gestionamos, a través del padre Gallagher, el permiso. Nuestra visita al hospital tenía como mira principalísima husmear un rato por allí y ver si nos era posible averiguar algo relacionado con los heridos, con los muertos.

—¿No pasas?—dije, al notar que Speedy se detenía ante la sección donde estaba Cooker.

—No. Mientras lo ves, trataré de pescar algo.

Entré. La cara negra del cocinero se destacaba violentamente de la almohada, como un pedazo de carbón dentro de un tarro de harina. Cooker abrió los ojos poco a poco. Hizo una mueca que pareció sonrisa. Sonreí yo también.

—¿Cómo estás?

Movió los ojos.

—Mal. Me... pegaron... mucho —susurró. Un hilito de sangre y saliva le escurría de la boca.

—¡Ya te pondrás bien! —quise ser optimista.

El negro sacudió la cabeza.

—Me... duele... toooodo...

—Van a castigar a aquéllos —señalé con el pulgar al techo.

—Ya... ¿para... qué? —tartajeó.

Nos quedamos mirando. Había en aquellos ojos un reproche duro y antiguo. Algo así como si me dijeran: "Hipócrita, también tú me pegaste". Sentí muy feo y me disculpé torpemente:

–Yo... yo no te hice nada, Cooker.

Entonces los ojos se le hicieron húmedos como de perro fiel.

–Gracias... greaser.

Ese "greaser" —que es como los hombres de Texas, blancos o negros, llaman a los mexicanos ofensivamente— fue dicho con una inmensa bondad, con un calor infinito. No me sentí ofendido, abofeteado. Si Speedy, que era mi íntimo amigo, me hubiera llamado greaser, aunque fuese en broma, le habría roto la cara. Pero Cooker dijo "greaser" amorosamente, como tratando de compartir conmigo su dolor de ser oscuro, negro.

¿O no era yo un mexicano como aquéllos que discriminan y vejan en la frontera, del otro lado?

8

–¿Supiste algo? —interrogué ansiosamente a Speedy cuando nos reunimos otra vez.

–Nada que tenga importancia.

–¿Y de los muertos, qué?

–Nada, tampoco. Cuando la estiran, se los llevan los camilleros.

–¿A dónde?

–No sé. ¡Pregúntaselo al capitán!

–Pero alguien, las enfermeras, los que asean el hospital; alguien, en fin, debe saberlo.

–No lo saben. Lo he preguntado. O si lo saben, no quieren decirlo. ¡Tanto misterio me está volviendo chirolo! —añadió jovialmente.

Después de un rato dijo:

–¿Sabes que traemos también a un coronel?

–¿A un coronel? ¿Dónde está?

Yo no había oído hablar de ningún oficial del Ejército que estuviera en el *Anne Louise.*

–Abajo, herido.

Y pronunció luego el nombre del coronel Albert W. Parker.

9

Salimos.

–¡Quítense! —gritaron en mis orejas, y un cubetazo de agua helada nos mojó las piernas.

–¡Fuera!

Los muchachos que estaban baldeando la cubierta rieron a todo pulmón. Los seguimos escuchando mientras nos alejábamos, con las perneras anegadas.

BOTE, MANTA Y MUJER

1

–¿Qué pasa?

Speedy estaba levantándose.

–Duérmete —repuso con la voz apagada.

–¿Algo malo?

Me senté, a mi vez, en la orilla de la cama. No se escuchaba ningún rumor, fuera del respirar acompasado de los otros y del murmullo del oceano. Speedy buscaba los zapatos en la oscuridad.

–¡Shhhhh! —demandó.

Acabó de atarse las agujetas y siguió después con los pantalones. El cinturón, al correr sobre la hebilla metálica, emitió un ruido áspero.

–¿A dónde vas?

La respuesta de Speedy se arrastró como un gato sobre el sueño callado de los otros.

–Luego te cuento; no hagas escándalo.

Se puso el chaquetón y la gorra que le cubría las orejas. Cautelosamente, tentando el suelo antes de colocar la pisada, echó a caminar hacia la puerta. Escuché el rechinido de un catre cuando alguien se medio incorporó. Speedy se detuvo, inmóvil como un Tancredo, para no delatarse. Lo vi, después de un rato, desaparecer fugazmente en la difusa claridad que entraba por alguna parte del mamparo.

Olía a sueño. A hombres rudos, sucios y fatigados. El aire era menos frío. El círculo de espacio que delimitaba el ojo de buey, era de un azul denso pero transparente. Escuchábase, monótonamente, el traqueteo de las máquinas y el golpear del casco del *Anne Louise* sobre el agua. Los ronquidos tronaban en el sollado, como la cuchilla de un aserradero. Dormían de un hilo, sin pensamientos; o pensando, quizá, en las mujeres del puerto; en una habitación impregnada de esencias y humo de cigarro; en un lecho colocado al pie de una pared forrada de papel con flores. Soñaban, tal vez, en todo lo que nunca podrían ser, en la felicidad de estar en tierra, sentados, anclados en el polvo, con el mundo ancho y firme ante los ojos. Sin embargo, entiendo que sólo dormían.

Encendí un cigarro, procurando que la chispa del cerillo no saliera de la pequeña pantalla de mis manos. No tenía sueño ni ganas de fumar; pero fumaba para entretenerme con algo. "¿A dónde iría Speedy?", me pregunté. Naturalmente que pudo haber ido al retrete, aunque el retrete quedaba al lado opuesto de por donde desapareció. O, ¿por qué no?, a tomar el aire; pero esto último me pareció menos razonable. Debían ser las dos de la madrugada y seguía yo sin sueño.

Revisé lentamente los recuerdos de las últimas horas y no encontré nada interesante: Cooker, Speedy y, ¡ah!, el coronel Parker. ¿Cómo es que no habíamos sabido nada de él? Creí que llevábamos únicamente soldados; nunca, que nos distinguiera un militar de tan respetable graduación. Traté de imaginarme cómo sería el coronel Parker. Le pinté una cara, un cuerpo y un flamante uniforme lleno, a la altura del pecho, de esas tiritas de colores que los hacen parecer muestrarios de tlapalería, y que son símbolos de una serie de cosas muy honrosas en la carrera militar.

Consideré sumamente extraño que lleváramos a un coronel a bordo; porque los oficiales, cuando enferman o son heridos en campaña, siempre se trasladan por avión a los mejores sanatorios del Ejército. Imaginen lo que pasaría si el Ejército no cuidara a sus oficiales; nadie daría las órdenes; y si nadie daba las órdenes, no existiría el Ejército; y si el Ejército no existía, no habría guerra, y sin guerras para nada servirían los ejércitos... Bostezaba.

Pero un alto oficial del Ejército norteamericano iba a bordo. No como pasajero, pues ya lo habríamos visto; sino allá abajo, más abajo todavía de nuestro sollado, con los heridos, cuya presencia no podía explicarme tampoco; como tampoco me podía explicar la causa por la que llevábamos, a donde fuera, en el lento *Anne Louise,* a hombres en agonía. Iba Parker allí evidentemente, mas ¿para qué, por qué?

Speedy no regresó. Si hubiera ido al "trono" no hubiera tardado mucho en volver. No volvió, sin embargo. En consecuencia, Speedy había ido a otra parte.

2

He aquí lo que Speedy me refirió al día siguiente:

... Avanzó a tientas por la cubierta. "Allí debe estar", pensó, y quedó un largo rato parado y quieto, con los sentidos puestos en las moléculas de la oscuridad. La cubierta estaba vacía, callada. De pronto un círculo pequeñito, de luz azul, apareció en el suelo, como si hubiese abierto un agujero en la tabla. La pequeña mota azul se apagó casi instantáneamente.

Speedy caminó hacia donde había brotado la mancha circular de la linterna.

—¡Imagínate si hubiera sido el capitán!

La luz volvió a encenderse y estuvo unos segundos, vertical, proyectada hacia abajo.

—¡Se me secó la lengua, mexicano! ¡Como un trapo al sol!

Indudablemente lo esperaban. Caminó ya sin mucho tiento. No había más que oscuridad; oscuridad cerrada; a pesar de ser tenuemente azul. Un fuerte olor salino venía del mar. Un murmullo de espumas se apagaba, abajo, en las bandas, en la quilla. Speedy volvió a detenerse. Luego alguien habló:

—¿Es usted?

—Sí —dijo Speedy. ¿Quién sino él podía ser el que estaba allí? La mota pequeñita y azul se clavó entre sus dos pies. Estuvo así un momento y desapareció. Speedy alzó la cara. La otra sombra estaba ante él, con su olor peculiar y dulzón.

—¡Creí que no vendría! —dijo la sombra estremeciéndose.

—Pues aquí estoy.

Speedy alargó la mano y tocó un brazo de mujer. ¡Era ella! Al tacto reconoció el capotón azul del uniforme de las enfermeras. Imaginó el pelo rojo de la muchacha tendido al viento. Tuvo después que reconocer que su suposición había sido errónea, pues la muchacha llevaba el pelo atado con una pañoleta.

Sobrevino un silencio perfectamente inútil. Por fin, ella habló encendiendo su lámpara:

—¿A dónde?

Speedy tenía ya la respuesta. No de ese momento, sino desde la tarde anterior, cuando concertó la cita.

—Allá.

La llevó cauteloso junto a uno de los botes de salvamento.

—¡Apague la luz! —ordenó.

–¡Qué tonta soy! —se disculpó ella obedeciendo.

Speedy luchó unos minutos tratando de levantar silenciosamente la lona embreada que cubría el bote. Cuando lo consiguió, la gruesa manta crujió, pero a Speedy, y a la muchacha también, les pareció que se alzaba para ellos la rica cortina del más confortable tálamo nupcial.

–¡Fue algo incómodo pero saludable! —subrayó Speedy guiñando un ojo, al tiempo que metía las espaldas bajo el chorro frío de la regadera.

–¿Y quién es ella? —curioseé bajo mi máscara de jabón.

Speedy cerró la ducha.

–¿Recuerdas la pelirroja esa que el domingo fue a preguntarte algo mientras pintabas?

–Sí. ¡Muy bruta!

–¿Qué? ¡Ah, bruta!... Pues ella es. Se llama Stella.

3

Sin Cooker. Sin sus canciones que nos venían de la cocina con su acompañamiento de manteca derritiéndose; sin su alegría de baterista de una banda de Harlem, el comedor aparecía triste y detestable. El nuevo cocinero, negro también, trabajaba en silencio, como temeroso de sufrir, él también, una paliza.

Nuestra mesa se veía aún más grande, porque faltaban en ella seis cubiertos. El de Vance, tirado al mar, y el de los otros cinco arrestados. El desayuno fue gris, vulgar. Incluso la carne no nos pareció, aunque no la comiéramos, tan apetitosa como cuando la guisaba Cooker.

El que siguieran muriendo los heridos —supimos de otro más de la noche anterior— no nos inquietaba ya. La ensalada era insípida; las papas, insípidas; la sopa, insípida, a pesar de la leve acidez de ese maldito polvo que le ponían para que las inquietudes sexuales no trastornaran a la tripulación.

En el comedor del *Anne Louise* se había hecho costumbre cruzar apuestas. Nuestra "experiencia" nos permitía calcular, de acuerdo con el volumen de las raciones, cuántos heridos habían muerto desde la comida anterior. Si se nos servían dos gruesos trozos de carne a cada uno, significaba que los muertos eran tres; si los trozos aumentaban y además ponían varios platones para que comiéramos lo que se nos antojara, entonces la cifra de las defunciones era superior.

Si, por el contrario, se nos daba sólo sopa, legumbres, algún potaje y dulce, era que no había muerto nadie.

Las apuestas constituían, pues, un entretenimiento, y el perdidoso pagaba con su ración de postre.

Speedy Johnson se convirtió, inesperadamente, en un seguro ganador. Esto me sorprendió, pues poca gente he visto con peor tino para los juegos de azar. Pensando en ello, para pensar en algo, descubrí que la suerte empezó a cambiarle la mañana que me relató su amorío con Stella, la pelirroja.

4

Otra cosa, además de la fortuna de Speedy, cambió esa mañana. El primero en notarlo fue Ted Martin.

—Mexicano —dijo, poniéndome una mano sobre el hombro—, quiero que me dispenses por lo de la otra noche.

Se refería, sin duda, a la discusión de negrismo, que por poco, si no interviene Speedy, terminara a golpes.

—¡Olvídalo Ted! —quise ser indulgente, aunque seguía despreciándolo.

—Estaba nervioso. ¡Tú sabes lo que había pasado...!

—¡Tómalo con calma! Ni una palabra más.

Chocamos las manos. No quise escuchar más disculpas. De modo que seguí mirando el mar y la espuma bordada que las hélices del *Anne Louise* iban dejando atrás. La corredera daba vueltas y vueltas, en su avaro contar de millas. Ted se quedó a mi lado. En silencio me ofreció un cigarro. La cubierta sudaba fría humedad y olor jabonoso.

—¿Has visto el mar? —preguntó mientras yo encendía.

—¡Lo estoy viendo! —supuse que se trataba de alguna broma y me puse en guardia, porque entre marineros las bromas son pesadas, y si uno no tiene buen humor, resultan ofensivas e hirientes.

(¡Qué preguntas las de este imbécil! ¡Que si he visto el mar! ¡Como si estuviera ciego!)

—Digo, ¿lo has visto atentamente?

—¿Para qué?

Ted dejó que el aire se llevara el humo. Luego insistió:

—¿No notas que ahora es de otro color? Como más azul.

—Sí —y reconocí que así era, en efecto.

—¿Y eso no te dice nada? ¿No te hace pensar o adivinar nada?

La conversación me parecía tonta y dije otra vez que sí aunque estaba deseando que Ted dejara de hablar o se fuera. Pero Ted no podía leer mis pensamientos.

—Otro detalle, mexicano: he venido observando el sol, no este día, sino desde que salimos, más o menos a esta hora, y eso no ocurrió hasta ayer; el sol quedaba inclinado al norte, de frente a nosotros. ¡Míralo ahora!

En efecto, intuí que algo había cambiado. Miré la dirección de la luz solar. Ya no venía directa a nuestra cara, por el lado de proa, sino que nos daba de costado, entrando por el rumbo de popa.

—¿Comprendes ahora? —preguntó nuevamente Ted.

—Sí, hemos cambiado el rumbo.

—Por eso quería saber si habías visto el mar. Ahora el agua no es gris-verdosa y fría como hace cuatro días; es azul y más tibia. Se siente. ¡Vamos, mexicano, hacia abajo, rumbo al Ecuador! Lo que significa que vamos a América; tal vez a Boston y Nueva York.

5

Cuando poco antes de la comida vi a Speedy, lo hice fijarse en el mar y en el sol.

—¡Qué diablo! Ahora sí vamos a salir de esta maldita ratonera —gruñó alegremente, y fue al comedor, en tanto que yo iba a relevar al Colorado en la derrota.

6

—¿Cómo sigue Parker?

—Mal, señor —repuso el teniente Collinson.

El comandante Atkinson carraspeó y siguió mirando la carta.

—¿Qué dicen los médicos?

—Que no tiene remedio.

—El capitán lo va a sentir si... pasa algo.

—Sí, señor —repitió el teniente.

—¡Los coroneles suelen también morir en la cama!

En efecto, habíamos cambiado el rumbo, con lo que se confirmaban las observaciones de Ted Martin. Estiré el cuello para mirar la carta. Creí reconocer el trazo de la costa atlántica de América septentrional.

–Ya imagina a dónde vamos, ¿verdad? —me disparó de pronto Atkinson, que al levantar la cabeza me sorprendió espiándolo.

–Sí, señor —repuse vivamente, enrojecido. Atkinson sonrió con indulgencia. Comprendí que no iba a regañarme y sonreí a mi vez. Sí, señor. A América.

Atkinson habló como un eco:

–¡A casa!

No sé por qué pero me sentí alegre por un momento, como un perro a quien su dueño acaba de acariciar. Mas, después de todo, ¿qué me importaba volver a Estados Unidos, si no tenía allí mi casa? Ahora que sabía que el viaje estaba a punto de terminar, volvía a experimentar aquel desgano, ese abatimiento que me llegaba invariablemente, cuando era niño, al fin de cada periodo de vacaciones, acompañado al mismo tiempo de un vivo deseo de que aquéllos no fueran los últimos, sino los primeros días de asueto. Así ahora. El viaje concluía y, sin embargo, no me entusiasmaba saberlo como a Atkinson, ni me llenaba de nostalgia pensar en "la casa".

7

–¡Muchachos! —grité en el sollado. ¡Una buena noticia! ¡Vamos a Boston o a Nueva York!

Aquello los llenó de alegría y se pusieron a arreglar sus cosas, con la misma impaciencia con que hace su maleta el pasajero del pullman a quien el porter le avisa que sólo faltan cinco minutos para que el tren llegue a su destino.

También yo, a pesar de mi indiferencia, participé del entusiasmo de los otros.

–¡Speedy, estamos llegando! —simulé alegría cuando él apareció.

Pero él estaba acostumbrado y no dijo nada. Se acostó en su tijerera y comenzó a lanzar anillos de humo, redondos y blancos, al techo.

–Take it easy!

8

La noticia se filtró por los mamparos y en los otros sollados había la impaciencia de la partida. Los que tenían retratos pegados a la pared comenzaron a quitarlos. Otros miraban bajo las camas, para no olvidar nada.

–... me emborracharé como una cuba...

–¡Otra vez en casa!

–Mi chica...

–Joe debe medir tanto así... Es un hombre formal...

–... y hot-cakes, con miel y leche...

–¡Hey, tú; págame lo que me debes!

9

–¿No te alegra volver, Speedy?

Tardó en contestarme. Seguramente necesitaron sus pensamientos volver al catre desde donde estaban.

–Me es igual. Me alegra y no.

–¿Por qué, Speedy? ¡Vuelves a tu patria, a tus gentes!

Una nueva rodaja de humo salió de sus labios; a medida que subía iba ensanchándose. Parecía una rosquilla de azúcar y canela.

Recalqué:

–A tu limpia y sana comida.

Arrojó otra andanada de anillos.

–La patria de uno es el pedazo de tierra que ocupan tus pies, dondequiera que te halles; la gente de uno es la que se refleja en el espejo cuando te miras. En cuanto a la comida, ¡bah!, es igual en todas partes.

No habló luego en largo rato.

–Lo único que vale la pena, mexicano —exclamó con su eco lejano—, es tener un bote, una manta, una mujer. Lo otro sale sobrando.

Dio la vuelta en la cama y todo su cuerpo, de la cabeza a los pies, cayó de espaldas.

NADIE MORIRÁ DOS VECES

1

–¡Bueno! —propuso Speedy. ¡Por los que han muerto! —alzó la copa y se tragó el aguardiente de un golpe que le glugleó en la nuez.

–¡Y por los que viven! —comentó a su vez el Colorado.

–Es lo mismo: son sólo dos formas de muerte.

(...Vance, los náufragos suecos, los cuarenta y siete grandes, sólidos, alegres muchachos del *Omaha*.)

Speedy, a pesar de su fingida alegría, estaba sombrío y endurecido. Sirvió una nueva copa, tapó la botella y la colocó después en lo más hondo de su morral marinero.

–Siempre me acompaña —explicó con la voz agachada sobre el saco. Siempre, y a veces es útil como ahora.

Los cuatro —el Colorado, Speedy, Ted y yo— nos fuimos al comedor.

–No es nada alegre pasar un aniversario a bordo —comentó Speedy colocando la silla bajo sus corvas.

En sus ojos creí adivinar la nostalgia por su casa, por el pavo que el padre, Jane, Willie o Speedy comían durante la cena, una vez al año, cuando cualquiera de ellos añadía otro a su vida. Speedy había llegado esa noche a los treinta.

–¡Anímate, muchacho! —le reconvino Ted Martin, golpeándole la espalda.

Speedy alzó la cara y sonrió quedamente. Después largó la risotada:

–Claro, ¿por qué no? ¡A ver mozo, champaña para mis amigos; para todos!

Y todos tuvimos que reír. La cena fue rápida y no hubo, cosa extraña, ningún platillo de carne.

Cuando estuvimos afuera, Speedy me tomó del brazo y caminamos así hasta la barandilla. Un tenue brillo lunar agrisaba las olas. El tiempo era inmejorable y el aire más grueso y casi tibio.

–¡A casa!

–¡A casa! —repitió Speedy.

–¡Pobre Vance!

–Pobre, ¿por qué?

Me encogí de hombros, realmente no había razón para compadecerlo. Sin embargo, cuando Speedy brindó por los muertos, por Vance, no pude librarme de sentir lástima. Por él, que durante nueve meses esperó en Inglaterra hacer ese viaje, pasar esa noche con nosotros, pisar de nuevo, por unas horas o por unos días, la tierra americana de su patria.

–Speedy, ¿por que brindaste por Vance?

Lo vi inclinarse hacia el mar, como si buscara algo. Se alzó:

–Es la costumbre. Se brinda por los muertos igual que se brinda por los vivos. No hay diferencia. Mira...

Aplastó la colilla con el zapato. El humo que salió por sus narices, dos chorritos curvos, me pegó en la cara.

–Mira —anudó—, se muere una sola vez, en igual forma que sólo una vez se vive.

–Eso no explica nada.

–Tal vez no, pero escucha. Yo conocí a un hombre que murió dos veces, aunque ello no puede ser posible. Sin embargo, ése lo hizo... Se llamaba Jack Corrigan.

2

Jack Corrigan, a los veintitrés años, dejó la aviación comercial y se alistó en la Armada. Jack Corrigan quería ver el mundo; principalmente ver Tokio. Una tarde llegó a Nueva York. En Pennsylvania Station había un enorme cartel. Jack no olvidó nunca lo que decía.

Sobre un fondo azul destacábase la silueta esbelta y fina de una pagoda. Parecía un cartel de propaganda de alguna empresa de viajes; pero era sólo un cartel de propaganda de una empresa en guerra: el pueblo norteamericano. Sobre la silueta de la pagoda se veían unas letras inmensas, amarillas. Unas letras que eran una invitación. Jack las leyó tres veces:

"Visite Tokio. Todos los gastos pagados por la Marina."

–¡Buena cosa! —dijo Jack, moviendo la cabeza alegremente.

Tres meses después, Jack estaba volando en los Mitchell B-25 de la Armada. Speedy lo encontró en Washington y bebieron copas y fueron a pasear por las orillas del Potomac con un par de chicas que conocieron en el café alegre que se llama De Todas las Naciones. Una semana más tarde, Jack Corrigan dijo a Speedy:

–Me voy mañana al oeste.

No lo aclaró Jack; pero, presumiblemente, el oeste era California. Se despidieron y Speedy no volvió a saber nada de él en mucho tiempo.

Otra noche, meses después —el barco de Speedy estaba en ruta hacia la costa del Pacífico—, Speedy compró un periódico en Panamá y leyó: "Doolittle atacó a Tokio". Se desplegaba la noticia sobre la primera página. Automáticamente recordó a Jack Corrigan y su joven sonrisa de despedida. La información no detallaba quiénes habían participado en el ataque sobre la capital del Japón. Decía algo sobre el *Horner* y los daños causados.

Pero Speedy sabía...

En San Francisco supo más detalles: en la lista de bajas estaba el nombre de Corrigan, Jack.

–¡Brindemos por los muertos! —invitó, y los otros muchachos que estaban en la mesa de la taberna alzaron sus vasos.

Para sí, Speedy ofreció su trago a Jack Corrigan y a su joven sonrisa. "Por lo menos —pensó— cumplió su deseo de conocer Tokio." Y no volvió a recordar más a Jack. Panamá pasó ante la borda en sentido contrario. El barco regresó al Atlántico y con él Speedy.

Cientos de noches después estaba en un bar de Canal Street, en Nueva Orleáns —"¡oh, la dulce y soleada Nueva Orleáns!"—, cuando dos rudos brazos lo apretaron por la espalda hasta hacerlo pujar:

–¡Speedy!

Alzó la cara y vio la visera de una gorra militar, y bajo ella, un mentón que ocultaba la boca y los agujeros de una nariz.

–Jack... Jack Corrigan —tartamudeó, pegando un grito y mirándolo con los ojos muy abiertos.

–He vuelto. ¿Y qué haces tú?

Speedy lo seguía mirando. Jack veíase tostado y fuerte.

–Bueno, ¿qué diablos te pasa? ¿Te hundieron la lengua?

–Es que... Bueno, no sé.

Jack Corrigan empezó a reírse, mientras asestaba el mazo de sus puños sobre el hombro de Speedy.

–Ya sé, creíste que me habían roto la crisma. No, viejo, aquí me tienes.

Jack contó brevemente: voló sobre Tokio en los treinta famosos segundos, y luego, al agotársele el combustible, tuvo que descender en China, en territorio ocupado por los japoneses. Lo que siguió, de escribirse, podía ser una novela. "Una espiga en un campo de arroz" no es mal título. La tripulación del B-25 fue rescatada por los guerrilleros y llevada por éstos a la zona aliada. Tras unas semanas la repatriaron junto con las de otros aviones que participaron en la misma operación, a Estados Unidos.

–Ni un rasguño, viejo. Sin una herida siquiera, es penoso decir: yo he peleado en la guerra.

Les trajeron whisky y Speedy repitió su brindis:

–Por ti, el muerto.

–Por los dos y por todo lo que hay de bueno en la vida.

Las chicas de Nueva Orleáns son deliciosas; aunque, viéndolo bien, las de cualquier parte lo son también para los soldados. En la madrugada, Jack Corrigan se fue a dormir.

–Happy landing! —fue su despedida.

Al día siguiente, durante un vuelo de prueba, se estrelló un avión. El único muerto fue el piloto.

El piloto se llamaba Jack Corrigan.

Speedy, solo, con una copa enfrente, recordó nuevamente a Jack Corrigan y a su segura sonrisa.

3

–Yo también, mexicano, me sentí como tú, un poquito responsable de la muerte de Jack Corrigan.

–Lo sé, Speedy, y sigo creyendo...

–Olvídalo. Vance y Jack están muertos. No pueden morir de nuevo.

4

–¿Contentos? —preguntó el padre Gallagher familiarmente.

–¿Cómo está, padre?

–Muy bien; un viaje como éste tonifica.

–Según se mire —comentó Speedy.

–¿Qué quiere usted decir, Johnson?

—Nada particularmente, padre. Nada, a no ser...

—¿Qué, Johnson?

—Digo, todo eso que cuentan...

—¿Sobre la comida?

Speedy asintió. El padre hizo un ademán y proyectó hacia afuera su labio inferior:

—Son tonterías; no les hagas caso.

—Entonces, padre, usted podría explicarme algo que ni yo ni nadie entiende... y que no me parece tontería.

—Diga.

Speedy pronunció lentamente:

—¿Por qué, padre Gallagher, nos sirven abundante ración de carne cuando alguien muere, allá abajo, en el hospital?

Era ésta la primera vez que la pregunta se le planteaba francamente a un funcionario de a bordo; a alguien tan importante en el *Anne Louise* como el padre Gallagher. Lo miramos en espera de una explicación. Pero ésta no vino.

—Eso no lo sé.

A Speedy le brillaban los ojos malignamente:

—¿No cree usted, padre, que no es poco aventurado suponer que, tal vez, esa carne sea, digamos, la de los muertos?

—¡Hombres de poca fe! ¿Cómo pueden creerlo?

—Por esto, padre: en todos los barcos donde ha muerto alguien, lo que se acostumbra es sepultarlo en el mar. Aquí no lo hemos hecho.

—¿Y los náufragos, y su amigo?

—Es diferente: a ellos los conocíamos, porque los habíamos visto, como en el caso de los náufragos; o porque viajaba con nosotros, como en el de Vance. Hubiera sido más difícil. Pero, dígame, ¿por qué a los heridos que han muerto, y a quienes no conocemos, no los han sepultado en el mar?

El padre Gallagher volvió a decir: "No sé, no sé", y por el tono de su voz era notorio que no deseaba seguir hablando del asunto.

—Ahora vamos a casa —suspiró el padre después de un silencio.

Ni Speedy ni yo contestamos. Meditábamos sobre los muertos, en la carne, en Cooker. Entonces hablé yo:

—¿Ha visto al cocinero, padre?

—Sí, esta tarde. Ha mejorado.

—Y a los otros, a los cinco muchachos esos, ¿qué les harán?

Gallagher soltó un discurso sobre la disciplina y concluyó:

–Nunca se metan en esas cosas. Es peligroso.

–¿Y el coronel, padre?

Gallagher estiró los labios:

–Igual.

Llegó Ted y a poco se fue el padre. Cuando hubo desaparecido, dijo Speedy:

–¿Se fijaron? Apuesto que está en el secreto y sabe lo que hacen con los muertos. Estoy seguro, segurísimo, que este cura no come carne.

–¿Y qué les harán? —preguntó Ted con una gran candidez.

–¿Lo preguntas, bobo? —atajó Speedy. ¿No comprendes que los sirven en la mesa?

–¿Por qué?

–¡Ve tú a saberlo! Quizá porque se acabó la comida.

–No puede ser.

–Entonces, ¿cómo lo explicas? No creo que no los echen al agua por temor a dejar un rastro que traiga a los submarinos hasta el barco. Cuando un fiambre se va al mar con un pedazo de fierro en los pies, no regresa a la superficie. Se queda abajo o se lo comen los tiburones... Bueno, aceptemos que no han lanzado a los muertos por eso; pero ¿por qué distinción sí echaron a Vance y a los otros dos?

Speedy tenía razón. Por alguna causa no habían sido sepultados, y nos los servían, ya aderezados, por otra.

¿Cuáles eran?

5

Terminé mi turno a las cuatro de la mañana. Me tumbé entre las dos X de mi catre con los ojos abiertos. Hacía calor y ésta era la primera vez que lo sentía desde que salimos de Inglaterra. Según la carta que había visto en la derrota, el *Anne Louise* iba navegando frente a la costa canadiense. Eso significaba que en un par de días estaríamos en tierra.

Escuché un ruido apagado, de alguien que caminaba cuidadosamente para no chocar con los camastros. No se podía ver nada. Una figura oscura y borrosa se detuvo en la cama contigua y se sentó. Hubo un rechinido.

–¿Eres tú, Speedy?

–Sí.

–¿Fuiste al bote?

–Sí.

Lo sentí quitarse la ropa y los zapatos y luego respirar ruidosamente.

–¿Y qué tal?

Ya estaba durmiendo.

6

–¡Hey, mesero; tráeme ese plato!

Speedy había hablado. El mesero negro lo miró sorprendido, tanto como nosotros, y no supo si obedecer o irse.

–¿No has oído? Trae ese plato —repitió Speedy.

–¡No irás a comer esa porquería!

–¿Por qué no? Lo mismo da.

Sentí ganas de echar a correr y vaciar el estómago. Pero Speedy sonreía, mientras iba sirviéndose gran pedacería de carne.

–Esto tiene buena cara; además, tengo hambre.

El Colorado estaba pálido; más que pálido, verde. Le tembló el maxilar cuando dijo:

–No lo comas, Speedy. Es carne de... gente.

–¡Bah! —y Speedy clavó los dientes.

Aquella repentina actitud había apagado las conversaciones, y cuantos estábamos en la mesa nos pusimos a mirar cómo Speedy devoraba el desayuno, la carne pulposa.

–¿Qué les pica? ¿Tienen miedo?

–Asco —dijo una voz.

–Si supieran lo que se pierden —se jactó Speedy hablando con la boca llena. Coman, que es magnífico.

Era, en realidad, admirable el entusiasmo con que iba engullendo el contenido de su plato. Una grasa rojiza le corría por la barba. De cuando en cuando se escarbaba los dientes con la uña. Los muchachos comenzaron a levantarse y la mesa fue quedándose vacía. El Colorado salió también. Al botar la servilleta disparó:

–¡Marrano!

Speedy rio a carcajadas. El bocado, a medio masticar, rojo de salsa, de sangre y de grasa, se agitó en su boca al reír. Algo que daba náuseas. En el estómago yo sentía una afluencia agria, como cuando se tiene empacho.

–¡Multitud de idiotas! —definió Speedy, y siguió comiendo.

Ted y yo éramos los únicos que seguíamos sentados con Speedy.

–No saben lo que desperdician —dijo. ¿Qué importa lo que se come cuando se tiene hambre?

Yo leía en la cara de Ted, como él leía en la mía, quizá, que lo mejor era marcharse y vomitar. No soportamos más cuando Speedy, metiéndose los dedos a la boca, extrajo de ella una cosa larga, semejante a un dedo sin uña, y la puso junto al plato.

–¡No seas puerco! —grité, al empujar la silla hacia atrás. Ted se paró de un brinco y nos fuimos.

Nada hay que deteste más que ver a una persona comiendo suciamente. Mi reacción no se debió al hecho de que Speedy se escarbara la boca. En la guerra no puede exigirse urbanidad ni siquiera a los marineros ingleses. No fue por eso, sino porque no pude evitar las náuseas al ver esa cosa larga que daba vueltas en la bocaza de Speedy. Eso que parecía un dedo deshuesado. Aún ahora, mientras escribo, vuelvo a sentir la misma sensación asquerosa de aquella mañana.

Cuando íbamos en la puerta Speedy volteó a gritar:

–¡Jumentos!

Su carcajada nos acompañó hasta cubierta.

7

Más tarde vi a Speedy y al padre Gallagher conversando, apartados, lejos de nosotros. Ted, el Colorado y yo, de hecho, lo habíamos discriminado.

Ambos estaban muy cerca uno de otro, de perfil a nosotros. El padre Gallagher debe haber dicho algo muy cómico, porque Speedy ruidosamente estuvo sacudiéndose un largo rato.

8

Serían las once y media cuando Ted Martin dijo:

–El coronel Parker acaba de morir.

Aunque ninguno le conocíamos ni jamás, antes, habíamos oído hablar de él, la noticia nos dejó mudos. El Colorado preguntó:

–¿Cómo fue eso?

–Nada. Sólo murió. Lo acabo de saber.

Speedy apareció por allí y fue a sentarse con nosotros. Lo miramos hoscamente, enojados, a sabiendas de que no teníamos razón. Si él quería comer porquerías, que las comiera.

–¿Saben lo de Parker? —indagó.

–Sí.

Lo miramos, ahora con curiosidad, como queriendo ver qué cambios había sufrido desde su banquete de carne. Speedy seguía siendo el mismo, porque no podía ser de otro modo. Él pareció notarlo:

–Qué, ¿tengo monos en la cara?

Nos dejó completamente mudos.

9

Lo del desayuno se repitió a la hora de la comida. Speedy fue el único que comió carne. Esto parecía producirle una gran felicidad. Masticaba pesadamente pero con firmeza. Me horroricé cuando llenó su plato por segunda vez.

–Esto es vida. ¡En ningún barco del mundo se come tan estupendamente como en éste! ¡Quién lo creyera! Un cacharro viejo que compite con el Waldorf-Astoria.

Speedy clavó con el tenedor un gran trozo rosado y blando.

–Miren —indicó con sorna—, así como en el pavo lo mejor es la pechuga, en el hombre lo mejor es...

Y empujó el bocado por la puerta de su carcajada.

–¡Oh! —suspiró—, si en lugar de hombre fueran de mujer...

Su risa, para decirlo de una vez, nos caía en pandorga.

–¡Me pega bajo la línea de flotación! —fulminó el Colorado, haciendo una seña obscena bajo el vientre.

Cada uno de nosotros, y no disimulaba ninguna cara, hubiera propinado gustosamente una tunda a Speedy. Preferíamos ignorarlo y obturar las orejas.

–¡Qué mentecato fui de no haber comido antes! Después de todo —siguió su monólogo—, ¿no comemos animales muertos? Claro, y no nos da asco. ¿Por qué no comer hombres muertos? El gusto es casi el mismo, sólo que un poco más dulzón. Además, ya han visto que no pasa nada. ¿O creen que si pasara habría caníbales?

10

Podía observarla a mis anchas. Me pareció hasta guapa, a pesar de ser extraordinariamente blanca. Las mujeres blancas, lechosas, no me agradan. El pelo ponía a su cara un marco de cobre, como ésos que están de moda, y que tan bien lucen en los espejos de Taxco. Era alta y de piernas, aunque delgadas, aceptables.

–Ésa es la chica de Speedy —le dije a Ted, hablando por el extremo de la boca.

–¿Cuál?

Junto a Stella había otras seis o siete.

–La del pelo rojo.

–¡Ah! No está mal. ¿Dónde la conoció?

–Aquí.

Stella advirtió que mis ojos y los de Ted la miraban. No pareció inmutarse. Luego volteó un poco a la izquierda y balanceó, casi imperceptiblemente, la cabeza. Seguimos el rumbo de su cara. Al otro lado, diez hombres más allá, estaba alineado Speedy.

–Van de luna de miel.

–Ajá.

A hombros de cuatro marineros apareció la bolsa dentro de la cual iba el coronel Parker. Cuidadosamente la depositaron sobre la rampa y la cubrieron con la bandera. Todos callamos. El silencio oprimía. Si Parker era un muerto como los otros, como Vance y los náufragos, ¿por qué, entonces, la ceremonia, o sus prolegómenos, nos parecían más impresionantes y dramáticos?

–Esto se vuelve aburrido con tanto funeral —bisbiseó Ted Martin.

–Sí —repuse brevemente, para que no siguiera hablando.

El padre Gallagher abrió su librito. Se repitieron los gestos y los ademanes de las otras veces. La bandera descubrió, a causa de una ráfaga, un lado de la bolsa blanca, tendida sobre la tabla. Gallagher, con los ojos bajos y el breviario apretado entre sus manos, rezó durante un largo rato. Luego volvió a abrirlo.

El cuerpo del coronel Parker resbaló hacia el mar. El padre leyó en voz alta:

–Tres veces he sido azotado con varas; una vez apedreado; tres veces he padecido naufragio; noche y día he estado en lo profundo del mar...

Cuando me di cuenta, ya le estaba yo diciendo a Ted Martin:

–¡Qué estupendo epitafio para Davies!

El padre alzó los ojos al cielo y prosiguió. Leía con una voz profunda que nos ponía la boca amarga:

–Y fui bajado del muro por una ventana, y me escapé de sus manos...

El cuerpo, con el contrapeso en los pies, acabó de resbalar. Medio segundo después se hundió para siempre.

Gallagher continuó la lectura de los salmos. El pelo se agitaba en el aire. Davies, con las manos bajas y cruzadas por delante, se miraba la punta de los zapatos.

—Y conozco al tal hombre. Si en el cuerpo o fuera del cuerpo, no lo sé. Dios lo sabe...

Cerró el libro y dobló la cabeza. Estuvo así eternidades.

Por mi parte, recé un padrenuestro. Cosa que no hacía desde que fui monaguillo.

11

Cuando todo terminó, Speedy se juntó con nosotros:

—¿Cómo te parece? —exclamó.

—¿Quién? Stella, la chica. ¿No es estupenda?

—Sí, pelirroja —dije con fastidio.

—Tiene amigas, si quieren...

—Gracias, Speedy. Prefiero no hablar de eso ahora.

Pareció sorprenderse:

—¿Por qué?

Luego comprendió.

—¡Vaya! ¡Te ha impresionado que el coronel fuera echado al mar!

No contesté y caminamos. Era por eso.

Ponen clavos al silencio

1

Todo el día los carpinteros estuvieron martilleando. El barco se llenó del ruido de sus golpes. Comenzaron a trabajar a las seis de la mañana. Hacían un estrépito terrible y abrí un ojo. No había dormido siquiera dos horas y tenía sueño.

Dos sitios más allá estaba Ted Martin, con el pelo sobre los ojos, vociferando:

—¡Malditos petirrojos!

Los ruidos parecían venir de todas partes y golpeaban, con un eco insoportable, dentro de mi cabeza. Me sabía la boca a insomnio.

La cama de Speedy estaba vacía y no supe si por haberse ido a ver a la enfermera o porque tuvo algún turno extra, lo que no era muy probable. Los muchachos estaban levantándose. El Colorado seguía roncando, con las narices metidas en la almohada.

—¡Aquí no se puede dormir! —bufó Ted, parándose.

Me senté y encendí un cigarro. El humo tenía un gusto amargo y áspero. El martilleo insistía en despertarme. Por el ojo de buey se filtraba el resplandor caliente del sol. Me asomé. El mar era fuertemente azul. Una mancha blanca se movía en el cielo sin nubes. La mancha tenía alas o me pareció que las tenía.

—Ted —grité. ¡Mira una gaviota!

Lanzó Ted una interjección de asombro y me tomó por los hombros con sus manos de gorila.

—¡Una gaviota, mexicano! —bramó zarandeándome. ¡Estamos llegando!

Los otros se habían asomado también y gritaban como locos. Estaban felices porque el viaje había terminado, porque no volveríamos a saber nada del *Anne Louise* y del capitán Davies.

—Lo que es yo —dijo Ted—, primero me dejo cortar las orejas a volver con Davies o a este asqueroso cacharro.

Me senté en la cama, aún ardoroso. Mentalmente revisé mi diario de viaje. Esa mañana principiaba nuestro décimo día a bordo, la singladura número diez. ¡Cuántas cosas habían pasado en los nueve anteriores! Todas inolvidables para los hombres del *Anne Louise*. Por fin. Recordé lo que Speedy me dijo la noche que embarcamos. Speedy había fallado. ¿O podría yo decir que el capitán Davies era un hombre de mala suerte, como los otros lo decían? Francamente, no. Su mala estrella no influyó de manera directa sobre mí. No me pasó nada; vaya, ni siquiera tuve jaqueca ni mareo. Perdí algo de peso pero no tenía mucha importancia. Si acaso, lo de los muertos y la comida. No podía evitar la sensación de repugnancia cuando pensaba en que yo había comido de esa carne: de la carne de esos muertos.

Íntimamente sentía cierta amargura porque el viaje estaba por concluir. Lo mismo, como dije antes, que sentía de niño al fin de las vacaciones. Tenía, sí, ganas de estar en tierra, en un bar de Boston o de Nueva York, con una muchacha; lejos del barco, de Davies, de las guardias, de la rutina, de la comida, del baño a horas fijas. Pero, al mismo tiempo, no dejaba de experimentar una anticipada nostalgia por el *Anne Louise* y la vida que en él se vivía.

Los muchachos combatían con los zapatos y las almohadas. Brincaban de un catre a otro y se tiraban a la cabeza cuanto podían. El Colorado vio que era imposible seguir durmiendo y se levantó.

–¿Qué día es hoy? —y tuvo que agacharse para no ser alcanzado por un zapato.

–Estamos llegando —le grité. ¡Asómate!

Echó una ojeada y se volvió displicente.

–¿Qué hay? Sólo mar.

–Hemos visto gaviotas. La tierra está cerca.

Rio por lo bajo, movió la cabeza y volvió a acostarse.

2

El padre Gallagher y los que habían salido antes estaban en cubierta mirando hacia la ficticia tierra. El aire olía de modo distinto, ya no con su olor pegajoso de sal, sino con otro más dulce, más suave.

Llegó el Colorado y se unió a los vigías.

–¡Padre! ¿A dónde vamos?

–No tengo la menor idea.

El padre comenzó a hablar de las gaviotas, cuya vida, al parecer, conocía muy bien.

A las siete y media en punto se abrió el comedor y nos lanzamos a la mesa. Todos estábamos contentos y no hacíamos nada por ocultarlo. Ted Martin apostaba que iríamos a Boston; otros, que ya lo habíamos dejado atrás y que llegaríamos a Nueva York; no faltaba quien reconociera esas aguas como las muy próximas a Filadelfia.

Terminábamos de desayunar cuando llegó Speedy. Jaló la silla y la puso al lado de la mía.

–¿Qué hay, mexicano? —preguntó distraídamente.

Le conté lo de las gaviotas. Arrugó los labios.

–Sí, me da gusto. Siempre me da cuando termino un viaje. Tendremos una semana francos.

Pero en sus palabras no había el entusiasmo y la vivacidad que yo esperaba. Entonces pensé en Stella y supuse que Speedy estaría sombrío porque el idilio terminaba con el viaje.

–¡Ya la podrás ver en tierra!

–¿A quién?

Se volvió lentamente y me miró a la cara con los ojos duros.

–A Stella, tu amiga.

Sonrió.

–Ella no tiene importancia.

Comprendí demasiado tarde, y por eso me callé, que Speedy estaba pensando en otra mujer que no era Stella; en una chica de Kentucky. Le trajeron el desayuno y comió la carne sin hablar, ensimismado.

3

El *Anne Louise* había venido disminuyendo su velocidad. Al mediodía no desarrollaba más de ocho nudos. Ahora veíamos veintenas de gaviotas que revoloteaban, graznando, sobre nosotros. Algunas, en inverosímiles vuelos de picada, se lanzaban sobre la estela del barco para recoger los pedazos de pan que les lanzaba el padre Gallagher.

El capitán Davies se acercó a nosotros. Sonreía. Era perceptible el tenue olor a lavanda en su persona.

–¿Divertidos? —dijo.

Nos pusimos muy derechos. El padre Gallagher respondió por nosotros, con su amabilidad acostumbrada. Davies siguió allí un momento más y luego se fue, Speedy lo midió con los ojos:

–¿Qué opina usted de él, padre?

–¿Del capitán? ¡Una excelente persona!

Siguió arrojando pan a las gaviotas, y como eso no nos divertía, Speedy y yo nos despedimos. Ya solos, hablé:

—¿Oíste esos ruidos, el martilleo?

—Estaría sordo si no.

—Bueno, ¿qué crees que sea?

Se apretó el labio inferior con el índice y el pulgar, como era su costumbre:

—¡Tal vez estén haciendo ataúdes!

—¿Para quiénes?

—No será para los vivos. ¡Dame un cigarro!

Se lo di y tomé yo otro.

—Vamos más despacio —dije negligentemente.

Como el viento, repentinamente había cambiado el humor de Speedy. Ya no era sombrío como en la mañana; volvía a ser el de siempre, el que a nada le daba importancia, al que nada parecía alterar más de lo necesario. Me alegró que no siguiera enfurruñado como gato. Rio con su carcajada fuerte "macha", cuando lo dije.

—No siempre va a estar uno de buen humor, mexicano. Además, no me hagas caso.

Con las manos se palmeó la barriga y me tomó del brazo.

—Tengo hambre —dijo. Ven a ver si ya nos dan de comer.

4

Fuimos los primeros en sentarnos. Estábamos nerviosos. Había en cada uno de nosotros un deseo loco de que ésa fuera la última comida. Todos hacían conjeturas y nadie se ponía de acuerdo más que en un punto: que el *Anne Louise* iba, como diría un automovilista, a vuelta de rueda. Esa madrugada, por lo que habíamos sabido, murieron siete de los heridos. La ración volvía a ser abundante. Cuando pusieron los platos con carne en la mesa, Speedy gritó:

—¡A no dejar nada muchachos, que esta vida se acaba! Cuando estén en tierra y lo encuentren todo racionado, suspirarán por el buen viejo *Anne Louise* y por lo que ahora desperdician.

Volvió a horrorizarnos con su apetito, aunque era admirable el ímpetu que ponía en devorar la ración, y aunque también la carne parecía deliciosa, nadie la probó. Nadie, excepto Speedy.

Ya no importaba el racionamiento voluntario, el ayuno que nos habíamos impuesto desde días atrás. El viaje estaba terminando y unas horas más sin carne, no afectaban. Por lo menos a mí.

5

El segundo comandante, Atkinson, dijo, cuando todos estuvimos reunidos:

–Tengan todo listo para desembarcar en cualquier momento. No olviden nada, absolutamente, pues en cuanto salgan del barco no podrán regresar.

No pude dejar de recordar otras palabras semejantes, que fueron pronunciadas con la misma severidad, la madrugada que murió Sam Morrison, frente a Normandía.

–Para las ocho de la noche —continuó con su voz sin matices—, todos los tripulantes deberán haber empacado, sin dejar una, sus pertenencias. Absolutamente todas. Deberán, asimismo, limpiar el sollado y dejarlo como lo encontraron. El capitán Davies hablará con ustedes antes de que se vayan. ¿Alguna pregunta?

Como nadie la hizo, saludó brevemente y se fue. Nos volvimos a sentar y los camareros trajeron café. Se encendieron los comentarios. Eran las dos de la tarde.

–¿Qué quiso decir con "el capitán Davies hablará con ustedes antes de que se vayan"? —preguntó Ted.

Speedy estaba apretándose el labio.

–¿O es que él no va a bajar con nosotros? —añadió Ted, sin esperar respuesta.

–Es lo que yo creo —dijo Speedy.

Tercié yo:

–¿Vamos a puerto, no? Entonces el capitán no tiene por qué despedirse de nosotros. No es lo que se acostumbra.

–No, claro que no —concedió Speedy.

–Tal vez —sugirió Ted— se vaya antes que nosotros.

–De ninguna manera lo haría. Como dices, mexicano, no es lo que se acostumbra. ¡En fin, esperemos a ver de qué se trata!

Los demás hablaban de lo mismo, y las frases del segundo fueron interpretadas de muy distintos modos. Estábamos seguros, empero, de que en cualquier momento *llegaríamos* a dondequiera que fuera. De otro modo no habría insistido Atkinson en recalcar que nos lleváramos todo y que nadie, después de salir del *Anne Louise*, podría regresar.

–Hey, Speedy, ¿cómo ves eso de que nadie podrá regresar a bordo?

–Tan apestoso como todo lo que sucede aquí.

–En todos los barcos del mundo, la tripulación puede dormir a bordo mientras se está en puerto.

–A menos que...

Pareció reflexionar. Arrugó las cejas como si estuviera concentrándose. Después de un momento hilvanó:

–...el *Anne Louise* no vaya a ninguna parte.

Ted Martin, que había estado silencioso escuchando, intervino:

–Si llegamos hoy a puerto, creo que por lo menos esta noche la dormiremos aquí.

–Piensa en lo que dijo el segundo y verás que no se refirió para nada a eso. Dijo: "Tengan todo listo para cuando salgan del barco".

–Ya lo sé, ya lo sé —Ted estaba poniéndose de mal humor.

–Y si te fijas más, hallarás esto: que no mencionó para nada la palabra, desembarcar, atracar o cualquiera otra que signifique que vamos a puerto. Sólo insistió: "... para cuando salgan del barco...". ¿No te dice nada?

–Sí, me hace sentir como rata de naufragio: parada en una tabla, lista para hundirme.

–Eso es, como rata con equipaje, y tanta recomendación equivale a decir: "Nos hundimos: no dejen nada, ni su rastro".

Dije:

–Si vamos a puerto, ¿por qué insistió el segundo en que una vez fuera...?

Speedy machacó siniestramente:

–Cuando un barco se va al fondo, no tienes tiempo de volver por el cepillo de dientes que olvidaste.

Ted se levantó.

–¡Nos pasaron el tercer strike!

6

Yo también tuve que limpiar mi parte del mamparo. Limpiarlo hasta casi sacarle brillo a la pintura gris y amortiguada. Ted despegó la foto de una bailarina de burlesque, desnuda de los tobillos para arriba.

–¡Adiós, linda! —dijo dándole un beso. ¡Nunca olvidaré las magníficas noches que pasamos!

Puse la rodilla sobre el morral y apreté la cuerda para cerrarlo.

–¡Ya está! —resoplé, sentándome.

Mi tesoro estaba a salvo. Ni el jabón a medio usar había quedado fuera. Todo: mis dos o tres libros, la ropa, los útiles de afeitar, las cartas que había escrito.

Speedy, sin prisas, guardaba sus cosas en su maleta. Iba a echar al mar la Biblia que tan celosamente ocultaba, pero se detuvo.

—Es algo inmenso este libro, mexicano. Un libro estupendo, lleno de historias y puterías...

Contempló después la estampa pornográfica; movió la cabeza suspirando:

—¡Ojalá pueda volver a hacer esto...!

Luego, Biblia y foto, carne y espíritu, dios y demonio, fueron a parar al fondo del morral. Rechinó la cuerda y todo terminó, como en los ahorcados.

—Bueno, a esperar...

Los carpinteros no habían dejado de hacer ruido. Eran cerca de las siete y estaba oscureciendo. El cielo se había cerrado y las nubes grises ocultaban el rumbo de las estrellas.

—Si son ataúdes lo que están clavando, parece que se ha muerto todo un regimiento.

—Eso es —dije sin prestar atención.

—Cuando menos, tendremos una semana para emborracharnos, mexicano.

—Sí, y para ir con muchachas también.

Frente a los catres se alineaba un centenar de morrales blancos, gordos, henchidos. Morrales de marinero. Nadie había dejado nada. Ni un peine o un alfiler siquiera. La tripulación del *Anne Louise* estaba lista para abandonar el barco.

¿Para ir a dónde?

¿Con qué fin?

¡No habríamos de saberlo sino hasta el momento mismo!

7

Se habían corrido las cortinas negras, para que la luz no se colara al exterior. La tripulación llenaba totalmente la cámara. Collinson era el único oficial presente. No hablábamos. Pero si nuestros pensamientos tuvieran sonido, hubieran detonado con un ruido enorme en aquel salón bajo, iluminado a medias por las luces adosadas a la pared.

A las ocho y cinco llegó el capitán. Inclinó la cabeza a manera de saludo. Parecía tener prisa. Con un movimiento mecánico, sacó el estuche de sus lentes y se los puso. Sus manos se apoyaron sobre la mesa que tenía enfrente. Su cuerpo se proyectó hacia nosotros. Nos recorrió con la mirada.

–Nuestro viaje ha terminado —comenzó bruscamente, zafándose los lentes. De un momento a otro recibirán la orden de abandonar el buque. Irán a tierra. Se les han preparado alojamientos. Ya el segundo comandante les advirtió tener todo listo. Por propia conveniencia. ¿Está claro?

La última pregunta estalló como un latigazo. Davies había hablado metálicamente, con frases cortas y duras. Intento ahora reproducirlas con fidelidad. Cada uno de nosotros no hacía más que preguntarse cosas. Nos interesaba saber a dónde íbamos, aunque era lo de menos después de todo; nos interesaba, más que nada, explicarnos la determinación de que dejáramos el *Anne Louise*. No se trataba, y ello nos alivió, de que iban a darle fondo, a hundirlo. Pero había algo por demás extraño en todo aquello.

Estábamos, sí, cerca de los Estados Unidos, no muy lejos de la costa. ¿Por qué demonios, entonces, nos obligaban a dejar el *Anne Louise*? ¿Con qué fin le quitan a un barco su tripulación? Supuse que se preparaba un acto de inaudita deslealtad, y que tal vez Davies iba a entregarse a los nazis. Rechacé la idea por absurda. No quedarían más que los oficiales, los médicos, las enfermeras. Hasta los de máquinas iban a irse con nosotros. Con oficiales, médicos y enfermeras un barco no camina. A no ser...

Davies continuó. Parecía más humano:

–Hemos concluido felizmente este viaje, del que dependen, y dependerán en el futuro, miles de vidas. No estoy facultado para explicar más. Pero sepan que sus servicios han sido útiles como nunca a las democracias...

Se echó para atrás, como si quisiera adivinar qué pensábamos, o qué efecto habían causado sus palabras en nosotros, en ese rebaño silencioso, con sus chaquetas azules.

–No se me escapa que entre la tripulación han ocurrido... ciertos... incidentes, o propalado ciertas versiones. Sin embargo, no creo deberles ninguna explicación. Las cosas se hicieron como debieron hacerse. A su debido tiempo, cuando sepan cuál fue la misión que se nos encomendó, comprenderán que procedimos acertadamente.

¿Qué quería decirnos? Nadie se miraba. Nuestros ojos no podían apartarse del capitán, de su gesto, de su voz dura.

–Otra cosa —advirtió—, la más importante de todas: *nada de lo que han visto u oído a bordo debe trascender*. ¿Está claro? Nadie debe saber, por ningún motivo, qué hicimos o qué vimos... Recuerden que las paredes oyen y que una palabra imprudente puede ser peligroso instrumento en manos ajenas. ¡Recuérdenlo!

Nos quedamos anonadados. ¿Conque se trataba de un viaje secreto, conque éramos poseedores, o partícipes, de un secreto de guerra? Pero ¿cuál era éste? ¡No habíamos visto nada, nada habíamos oído! Nadie nos lo diría, por supuesto, ni teníamos tampoco, por desgracia, elementos para suponerlo. Entonces se nos revelaron claramente todos los pequeños incidentes del viaje: la salida tan llena de misterio, el rodeo tan grande por los límites de la zona ártica, la ausencia de convoyes. ¿Cuál era el secreto? ¿Cuál podría ser en un barco hospital, lleno de cadáveres que no se sepultan y que, tal vez, se guisan en la cocina?

¿Y la comida? ¡Oh, la comida —tan buena, tan abundante, y tan llena de horror desde que presentimos que la componían con carne de dudoso origen!

Davies sonrió brevemente. Juntó las manos, como un boxeador al recibir la ovación, y dijo cordial:

—¡Buena suerte!

8

La luz azul iba dando de brincos a lo largo de la cubierta, a medida que avanzaba tras ella el segundo comandante. Se detenía con cada marinero, iluminaba levemente el morral puesto al lado y seguía adelante.

—¿Listo? ¿No deja nada?

—No, señor.

Comenzó a caer una niebla suave y delgada como humo de cigarro. Las superficies de metal se pusieron llorosas por la humedad. No hacía frío, pero Speedy subió el cuello del chaquetón tapándose las orejas.

—No me gusta nada de esto —murmuré.

—¿Por qué? ¡Estamos llegando!

—Sí, pero tanto misterio...

—¿Lo del secreto de guerra? ¡Pamplinas!

Parado en el extremo de la fila, el segundo comandante comenzó a pasar lista. Los nombres iban cayendo en la niebla, ahora un poco más gruesa y húmeda. Speedy no demostraba impaciencia y planeaba lo que haríamos llegando a tierra. En mi turno dije: "¡Presente!", y no prestaba atención a nada.

—Speedy, ¿en qué nos vamos a ir?

—Espera lo que sea y no preguntes.

El *Anne Louise* se detuvo suavemente. Un silencio grande y duro se abatió sobre las cubiertas. El mar raspaba las bandas. Los pescuezos se estiraban hacia la oscuridad, para poner los ojos más cerca de lo que aún no se veía.

Se escuchó muy cerca un chapaleo y el roncar de un motor. Le piqué las costillas a Speedy:

—¿Oyes?

—¡Shhhhh! —hizo, en orden de silencio. Debe ser un remolcador.

El glugluteo dejó el sitio a un rechinido prolongado que me dio escalofrío, como cuando alguien raspa con la uña la superficie de un cristal. Los marineros de guardia, dirigidos por el teniente Collinson, estaban parados al lado de la plancha. Un minuto después subieron dos hombres y, guiados por el oficial, dirigiéronse a la cámara de Davies. El motor del remolcador ronroneaba adormiladamente.

—¿Y ahora?

Tenía ganas de hablar sólo para no sentirme tan aislado de los otros. Pregunté con el deseo de escuchar mi voz, de acortar los minutos de la espera, porque esa hora parados en cubierta fue, para todos, la más terrible y fatigosa del viaje. Los hombres que llegaron en el remolcador seguían con Davies. Hubiera dado mi pulsera de identidad por saber de qué hablaban.

9

La niebla se agitó después con un ruido gemelo, hueco, distante. Era como si alguien hubiera soplado para remover pesadamente la cortina gris.

—Vienen más —bisbiseó Speedy.

Me pregunté qué o quiénes. ¿Otro remolcador? Posiblemente. Del lado de proa vino el rumor de una conversación y el frotar de unos pasos. Eran los visitantes y Davies. Hablaban entre la niebla, cerca de la plancha. La voz del capitán era más fuerte, más ríspida. Unos papeles crujieron y sobre ellos, oblicuamente, cayó el chorro de luz de la lámpara.

—¿Serán nazis, Speedy?

Se rio por lo bajo:

—No seas idiota. ¿Por qué lo dices?

—Por nada —rehuí, pero no me quitaban de la cabeza que, a lo mejor, como ya lo había pensado antes, Davies estaba ultimando los detalles de la entrega del barco al enemigo. ¡Una verdadera idiotez, claro está, pero posible!

El ruido gemelo estaba encima de nosotros. Algo golpeó contra la banda de estribor. La plancha empezó a crujir, como si un ejército trepara corriendo por ella. El segundo comandante gritó:

—¿Listos?

Todos, automáticamente, palpamos nuestro morral. Sí, allí seguía. Cuando Atkinson habló, sentí un brinco en el estómago. Era una sensación vaga, como de miedo o prisa. Por la plancha comenzaron a entrar hombres, muchos. Como nosotros, traían también sus morrales y sus chaquetones gruesos, de paño. Sus gorras blancas parecían margaritas secas moviéndose en cubierta. Las gorras se formaron. Debajo de cada una de ellas, un marinero. Entraron todos. Los teníamos enfrente, a cinco pasos.

—Éstos son los que se lo llevan.

—¡El relevo, mexicano, el relevo!

La lámpara volvió a encenderse. El capitán Davies leyó bajo su luz unos papeles.

—Está bien. Conforme.

Atkinson masticó un gruñido que quería decir: "¡Marchen!", y todos nos movimos, en fila, hacia la plancha. Los otros nos estaban mirando, aunque no podían ver nuestras caras ni nosotros las suyas.

Alguien gritó:

—Buena suerte, forasteros.

Hubo un murmullo indescifrable. Oculto en el anónimo, advertí, al pasar:

—Aquí se come bien; sobre todo carne.

—Thanks, pal! Ya la comeremos —repuso otra voz.

Los que nos íbamos reímos por lo bajo. ¡Qué broma, Dios mío! ¡La cara que pondrían estos pobres diablos cuando se enteraran! No, para qué decírselo. Que sufran, que vomiten y, si quieren, que nos maldigan. Ahora están contentos, pero no seguirán así por mucho tiempo. Cuando lo sepan... ¡Dios, qué buena broma!

No supe si los demás sentían lo que yo, ese regocijo maligno, cuando abandonaron el *Anne Louise*. Pero supongo que sí. Comenzamos a bajar, tanteando en la oscuridad los peldaños de la planchada. Bajábamos de prisa, contentos de largarnos de una buena vez. Los primeros se acomodaron en algo largo y potente que se bamboleaba al fin de la rampa. Cuando aquello se hubo llenado, Collinson advirtió:

–Bueno; alto. Esperen.

El motor rugió fuertemente al despegar. Lo escuchamos alejarse por un agujero de la niebla.

Speedy, que estaba atrás de mí, dijo:

–A tierra, mexicano. Las chicas y unos tragos para dormir a gusto.

–¿En qué nos llevan, Speedy?

–De seguro en una lancha de desembarco...

Otra embarcación —la segunda de las dos que habían venido cargadas de marineros— se pegó al *Anne Louise* y continuamos bajando. Me acomodé en un rincón, sentado sobre mi morral. Speedy se inclinó para encender un cigarro. No podíamos ver. La barcaza era profunda y la niebla cerrada, gruesa.

–¿Están todos? —preguntó Collinson, saltando.

Luego dio la orden de largarnos. La barcaza, pesada como un cachalote, describió un amplio círculo y se metió en los cuajarones de niebla. El crepitar del motor comenzó a arrullarnos. ¡A tierra! Las voces fueron apagándose y al cuarto de hora nadie hablaba. Cerré los ojos. "¡Adiós, cacharro viejo!" Pensaba en el *Anne Louise* y en los once días pasados a bordo. ¡Qué amigable el ronroneo del motor! Un ruido sabroso como el de la cocina cuando Cooker freía la carne. ¿Cómo seguiría Cooker? Me hubiese gustado tomarme un par de tragos con él. ¡Y los cinco que le pegaron! ¡La que se les prepara!

–¡Speedy!

El gruñido salió de un lado:

–¿Qué?

–¿Sabes lo que haré llegando?

Volvió a gruñir.

–¿Por qué no te callas y me dejas en paz?

–Voy a tomarme un purgante así de grande —añadí, hablando solo.

Speedy no contestó. Su respiración era ruidosa y acompasada como la del motor.

–No quiero que me quede nada de esa porquería en el estómago.

Lo escuché sentarse junto a mí. Me dio un puñetazo sobre la rodilla.

–No molestes más con eso. No tienes por qué purgarte.

–¿Crees que voy a seguir así, sabiendo que tragamos carne...?

–No seas idiota. No hubo nada de eso.

Soltó una carcajada. Los otros protestaron gritando que los

dejara dormir. Estoy seguro que nadie dormía en realidad. Todos teníamos una prisa enorme de estar ya en tierra, y si cerrábamos los ojos era para estar, así, más solos con nosotros mismos, con nuestros proyectos, con nuestro futuro, que lo era ya desde el presente a bordo.

–¿Qué hubo, entonces?

Me deslicé hasta donde estaba Speedy:

–¿Qué hubo entonces? —repetí ansiosamente.

Pasó un segundo, o una hora, no lo sé. Pero el tiempo que medió entre mi pregunta y la respuesta de Speedy se me hizo larguísimo.

–En realidad, nada. Sólo misterio, y de nuestra parte, un ver las cosas por donde no debían verse. Eso es todo.

–Pero, Speedy, ¿y el aumento de las raciones? ¿Y los muertos?

–A los refrigeradores.

–Para *enterrarlos* frescos en nuestras panzas.

–Tonterías, mexicano. Los heridos que traíamos tenían que llegar completos a América. ¿Entiendes? Si morían, debían llegar aunque fuera los cuerpos.

–Sin embargo, olvidas que las raciones...

–Allá voy: como te dije, los muertos d-e-b-í-a-n llegar como fuera. En consecuencia, se vieron obligados a guardarlos, a cuidarlos tanto como si estuvieran vivos. Para ello se necesitó meterlos en las congeladoras.

–¿A los refrigeradores, dijiste antes?

–Sí, allí mismo. De otro modo, se apestarían inmediatamente. Pero como las heladeras iban llenas de comida, tenían que sacarla. No iban a tirarla; por lo tanto nos duplicaban la ración.

Iba a hablar, pero Speedy no soltó la palabra.

–Por eso, cuando dos o tres de ellos morían, nos daban de comer más que cuando moría uno. Esto es lógico. Tres cuerpos ocupan mayor, pero mayor espacio que uno solo. ¿O no?

–¿Y los suecos? ¿Por qué los echaron?

–Es distinto, ya te diré; bien, los médicos del Ejército creen, según me dijo Stella, que los alemanes están usando una nueva arma. ¿Me explico? Los médicos necesitaban estudiar qué clase de heridas produce esa arma. ¿Entiendes?

–No mucho, pero...

–Sé a lo que vas. ¿Por qué no los estudiaron en Inglaterra? Muy sencillo: allá se han quedado otros cientos de heridos. Los nuestros son necesarios en este lado, en los Estados Unidos, donde existen mejores elementos para investigarlos. Algunos de los más graves murieron; la mayoría, la mitad por lo menos, sanará. Stella así lo cree.

No tuve más remedio que reír. ¡Con razón Speedy había roto su huelga de hambre! Y todo ocurrió después de haberse acostado dos veces con Stella, la enfermera. Con razón el siempre perdedor Speedy apostaba con tanta seguridad al número de muertos. Debía haberlo comprendido antes. ¡Tan fácil que era! La solución de nuestro "misterio" era sencillísima. Y me prometí analizar las cosas mejor para el futuro.

–¿Y el coronel?

–Ése es otro cantar, mexicano. El coronel no estaba herido, sino perfectamente sano cuando subió al *Anne Louise*. Él tenía la responsabilidad de traerlos. Al segundo día de viaje pescó una pulmonía fulminante. La penicilina falló y tuvo que morirse. A él sí debíamos enterrarlo en el mar, como lo hicimos... ¡Dame un cerillo!

–Apaguen esa luz. ¡Con un demonio! —rugió una voz detrás de nosotros. ¿Quieren que nos vuelen?

–Algo más, Speedy. ¡El barco!

–¿Qué le pasa al barco?

–¿A dónde va? ¿Por qué nos bajaron?

La lumbre del cigarrillo rebrilló en el centro del cono de las manos de Speedy:

–No lo sé. Es lo único que no sé. Tal vez a algún puerto de más al sur. Y en cuanto al cambio de tripulación, supongo que lo hicieron para eliminar cualquier posibilidad de que llegáramos a descubrirles el pastel.

Fumamos calladamente. Mi aventura, lo que yo creí que era mi aventura, había sido cortada de golpe por la lógica de Speedy. El viaje perdió para mí su fuerte sabor de misterio. No era, después de todo, más que un viaje vulgar, lleno de incidentes vulgares. No me quedaba siquiera el placer de imaginarme cosas, de sacar deducciones. Era demasiado tarde. Me sentí defraudado, y me hice el propósito de no contar nada a nadie. Ahora lo he hecho, y siento un poco de temor de que ninguno lo crea.

10

Llegamos a un puertecito —cuyo nombre no puedo decir— esa misma noche.

El reloj de la plaza marcaba las dos veinticinco de la madrugada. Con nuestro morral al hombro marchamos a las barracas. Luego volvimos a las calles. Los faroles estaban velados, opacos. Speedy iba alegre. Yo, fastidiado. Nunca le perdonaré haberme dicho el secreto. Hubiera preferido seguir en el misterio como los otros, que nada sabían, porque a nadie más que a mí le había contado Speedy la verdad.

Nos metimos en un bar. Bebimos en silencio una robusta botella de whisky con caderas como femeninas. Una sinfonola tocaba sin brillo. Speedy pagó la cuenta. Y luego, juntos, nos echamos a buscar un par de chicas con quienes dormir ocho días seguidos.

El coronel fue echado al mar,
escrito por Luis Spota,
confirma que la narrativa
del autor es una presencia
necesaria; que varios de sus textos
gozan de buena salud; y que va bien
utilizar la memoria como una provocación
contra la amnesia que patrocina el poder.
La edición de esta obra fue compuesta
en fuente palatino y formada en 11:13.
Fue impresa en este mes de enero del 2000
en los talleres de Compañía Editorial Electrocomp, S.A. de C.V.,
que se localizan en la calzada de Tlalpan 1702,
colonia Country Club, en la ciudad de México, D.F.
La encuadernación de los ejemplares se hizo
en los mismos talleres.